9 789358 722383

شیخ چلی کا خواب

(بچوں کی کہانیاں)

مرتبہ:

نوشاد علی ریاض احمد

ISBN 978-93-5872-238-3

9 789358 722383

کتاب	:	شیخ چلی کا خواب (بچوں کی کہانیاں)
مرتب	:	نوشاد علی ریاض احمد
صنف	:	ادب اطفال
ناشر	:	تعمیر پبلی کیشنز (حیدرآباد، انڈیا)
سالِ اشاعت	:	سنہ ۲۰۲۴ء
صفحات	:	۴۸
سرورق ڈیزائن	:	تعمیر ویب ڈیزائن

فہرست

گونگا قاتل

شام کا وقت تھا۔ چودھری نذیر علی اپنے کھیتوں میں کام ختم کر کے گاؤں کی طرف آرہا تھا۔ وہ جب قبرستان کے قریب پہنچا تو دس بارہ آدمی اچانک قبرستان سے نکلے اور سے دھڑا دھڑ مارنے لگے۔ چودھری نذیر کو چونکہ پہلے سے پتہ نہیں تھا کہ راستے میں مار پڑے گی اس لیے اس کے پاس کوئی ہتھیار نہ تھا۔ جس کی مدد سے وہ اپنی جان بچاتا بس بے چارہ نیچے گر کر مار کھانے لگا۔ مارنے والوں نے اپنے چہرے کالے رنگ کے کپڑوں میں چھپا رکھے تھے جس کی وجہ سے وہ انہیں پہچان نہ سکا۔ بد معاشوں نے لاٹھیوں اور ڈنڈوں سے اُسے خوب مارا۔ مار کھا کھا کر وہ بے ہوش ہو گیا تو بہت تیز استرے سے انہوں نے اس کی زبان کاٹ دی اور پھر وہاں سے بھاگ گئے۔

اتنی دیر میں شور سُن کر گاؤں کے بے شمار لوگ اس جگہ آ گئے۔ جنھوں نے آتے ہی نذیر کو اٹھالیا اور جلدی جلدی اسے تانگے میں ڈال کر بڑے ہسپتال میں لے گئے۔ ہسپتال میں جلدی پہنچے جانے کے سبب چودھری نذیر کی جان تو بچ گئی مگر زبان کٹ جانے کے باعث وہ ہمیشہ کے لیے گونگا ہو گیا۔ وہ ۴۰ سال کا جوان تھا۔ اس کے دو پیارے پیارے بچے تھے۔ لیکن گونگا ہو جانے کی وجہ سے وہ کسی سے بات

نہیں کر سکتا تھا۔ ظالموں نے اُس کی زندگی تباہ کر دی تھی۔ تندرست ہو کر وہ اُداس رہنے لگا۔ نہ کہیں آتا جاتا نہ کسی سے اشارے میں بھی بات ہی کرتا۔ وہ بس یہ سوچتا رہتا کہ اسے کن لوگوں نے مارا ہے۔ کیونکہ پورے گاؤں میں اُس کا کوئی دشمن نہ تھا۔ لوگ اس کی عزت کرتے تھے اور اُسے دیکھ کر خوش ہوتے تھے۔ وہ بھی ہر بڑے چھوٹے سے پیار کرتا تھا اور ہنس کر ملتا تھا۔ پھر پتہ نہیں اسے کس جرم کی سزا ملی تھی۔ وہ سوچ سوچ کر تھک جاتا تو اپنے بچوں کو گود میں بٹھا کر ان سے پیار کرنے لگتا۔ بچے اپنے باپ کو آؤں آؤں آؤں واؤں واؤں واؤں کرتے دیکھتے تو بڑے حیران ہوتے کہ ہمارے ابا کو کیا ہو گیا ہے۔ اب یہ ہمارے ساتھ پہلے جیسی باتیں کیوں نہیں کرتا۔

چودھری نذیر علی اپنے بچوں کی پریشانی دیکھ کر اور زیادہ غمگین ہو جاتا۔ ایک رات وہ اپنے مکان کی چھت پر لیٹا ہوا تھا کہ اس کی بیوی گھر کا کام ختم کر کے اس کی چارپائی کے پاس آئی اور بیٹھ کر اس سے باتیں کرنے لگی۔ کیا سوچ رہے ہیں قدیر کے ابا۔ اس نے چودھری نذیر علی سے پوچھا۔ کچھ نہیں۔ بس آسمان پر ستارے گن رہا تھا۔ چودھری نذیر علی نے اشاروں میں جواب دیا۔

جھوٹ نہ بولیں قدیر کے ابا۔ سچ سچ بتائیں کہ اس وقت آپ کیا سوچ رہے ہیں۔ اس کی بیوی نے ضد کر کے اس سے پوچھا۔ سچ تو یہ ہے کہ میں یہ سوچ رہا تھا کہ میری ناں بان کس نے کاٹی ہے اور کیوں کاٹی ہے۔ ان لوگوں کا مجھے پتہ کیوں نہیں چل رہا، چودھری نذیر نے ہاتھ ہلا ہلا کر اپنی بیوی کو بتایا۔

اب جو ہونا تھا وہ تو ہو گیا ہے۔ آپ اپنے لیے نہیں تو ننھے منے بچوں کے لیے

ہنسا مسکرایا کریں۔ بے چارے بیمار رہنے لگے ہیں۔ پہلے آپ انہیں سیر کرانے باہر لے جاتے تھے اب وہ بھی بند کر دیا ہے۔ وہ نا سمجھ ہیں۔ انہیں کیا پتہ کہ ہمارے ابو کے ساتھ کیا ظلم ہوا ہے کسی نے ان کی زبان کاٹ کر انہیں بولنے کے قابل ہی نہیں چھوڑا۔ میری مانیں تو ان پرانی باتوں کو بھول جائیں۔ چودھری نذیر کی بیوی اسے سمجھانے لگی۔

جنھوں نے میرے ساتھ زیادتی کی ہے جب تک ان سے بدلہ نہیں لے لوں گا مجھے چین نہیں آئے گا۔ اور نہ ہی میں ہنس سکوں گا۔ تم ضد نہ کرو: چودھری نذیر نے غصے والا چہرہ بنا کر ہاتھوں کے اشارے سے بیوی کو ٹوکا۔

میرا خیال ہے یہ ظلم ساتھ والے گاؤں کے بڑے زمیندار ملک حسن محمد نے کیا ہے کیونکہ وہ آپ سے زمین خریدنا چاہتا تھا لیکن آپ بیچتے نہیں تھے۔ ضرور اسی نے یہ حرکت کی ہے تا کہ آپ ناکارہ ہو جائیں اور وہ آپ کی زمین تھوڑے سے پیسے دے کر خرید لے، میں نے آگے بھی کئی بار آپ کو اس کے متعلق بتایا ہے مگر آپ مانتے ہی نہیں۔"

چودھری نذیر نے بیوی کے جواب میں کوئی بات نہ کی۔ وہ خاموش رہ کر سوچتے لگا کہ ہو سکتا ہے میری بیوی سچ کہہ رہی ہو۔ ملک حسن محمد نے ہی اپنے نوکروں کو بھیج کر میری زبان کٹوائی ہو۔ اِس شک کو دور کرنے میں کیا حرج ہے۔ میں صبح سویرے ہی ملک حسن کی حویلی میں جا کے پتہ کرتا ہوں۔ یہ ارادہ کر کے وہ سو گیا۔ اگلے روزہ وہ سویرے ملک حسن سے ملنے کے لیے گھر سے چل دیا۔ ملک حسن جس گاؤں میں رہتا تھا وہ نزدیک ہی تھا اس لیے چودھری نذیر پیدل

ہی سفر کرنے لگا۔ تھوڑی دیر کے بعد ملک حسن کے گاؤں کی حد شروع ہو گئی۔ چودھری نذیر نے قدم تیز کر دیے تا کہ دھوپ نکلنے سے پہلے پہلے ملک حسن کے پاس پہنچ جائے۔ ابھی وہ اس گاؤں سے ذرا پیچھے ہی تھا کہ اس نے ملک حسن کو اپنے منشی کے ساتھ اپنی طرف آتا دیکھا۔ وہ دونوں شاید ٹیوب ویل کی طرف جا رہے تھے۔ کیونکہ ملک حسن کا ٹیوب ویل بھی اسی طرف تھا۔

چودھری نذیر اُنہیں آتا دیکھ کر کمار کے کھیت میں چھپ گیا تا کہ وہ ٹیوب ویل پر پہنچ جائیں تو پھر وہاں جا کے ملک حسن سے ملے۔ راستے میں وہ ملک حسن سے اس لیے نہیں ملنا چاہتا تھا کیونکہ ایک تو اس کے ساتھ منشی محمد دین تھا جس کے سامنے بات نہیں کی جا سکتی تھی۔ دوسرے ملک حسن جلدی میں نظر آ رہا تھا جیسے وہ جلد از جلد ٹیوب ویل پر جانا چاہتا ہو۔ چودھری نذیر کمار کے کھیت میں جس جگہ چھپا ہوا تھا وہ اس پگڈنڈی کے قریب ہی تھی جس پر سے ملک حسن اور منشی محمد دین کو گزرنا تھا۔ جو نہی وہ اس کے قریب آئے اُس نے منشی محمد دین کی آواز سنی وہ ملک حسن سے کہہ رہا تھا ملک صاحب چودھری نذیر کو ہم نے کسی کام کاج کے قابل نہیں رہنے دیا۔ اب وہ اپنی ساری زمین آپ کے آگے ضرور بیچ دے گا۔ بس آپ چُپ رہیں وہ خود آپ کے پاس چل کر آئے گا۔ اگر ہم اس کے پاس گئے تو اسے فوراً شک ہو جائے گا کہ آپ نے اسے مروایا ہے؟ تم ٹھیک کہتے ہو منشی۔ میں چُپ ہی رہنا چاہیئے۔ منشی محمد دین کی بات کے جواب میں ملک حسن بولا۔

چودھری نذیر نے دونوں کی باتیں سن لیں۔ اس کی بیوی کی بات سچی نکلی تھی کہ ساری شرارت ملک حسن کی ہے۔ اُس پر چودھری نذیر غصے سے پاگل ہو گیا۔

اس نے جلدی سے چھلانگ ماری اور کمار کے کھیت سے باہر آکر منشی محمد دین کے ہاتھ میں پکڑی لاٹھی چھین لی اور زور زور سے اُس کے سر پر مارنے لگا۔ محمد دین کے سر پر ٹھکا ٹھک کرکے لاٹھیاں پڑیں تو اس کے منہ سے درد ناک چیخیں نکل گئیں اور وہ ذرا سی دیر میں دھڑام کرکے نیچے گرا اور مر گیا۔ کیونکہ لاٹھیاں لگنے سے اُس کا سر جگہ جگہ سے پھٹ گیا تھا۔ یہاں سے سُرخ سُرخ خون نکل آیا تھا۔ چودھری نذیر اسے قتل کرکے ملک حسن کو مارنے نکلا تو اس نے دیکھا ملک حسن سر پر پاؤں رکھ کر بھاگا جا رہا تھا۔ منشی محمد دین کو قتل کرنے کے بعد چودھری نذیر اپنے گھر واپس نہ آیا کیونکہ اسے ڈر تھا کہ پولیس والے اسے آکر پکڑ لیں گے جب کہ وہ ابھی اُن سب کو قتل کرنا چاہتا تھا جنہوں نے اس پر ظلم کیا تھا۔ لہذا وہ بھاگ کر کمار کے کھیت میں چھپ گیا اور وہاں سے اندر ہی اندر چلتا تیسرے گاؤں کے کھیتوں میں چلا گیا اور وہیں بیٹھ کر رات ہونے کا انتظار کرنے لگا۔

رات ہوئی تو وہ خاموشی سے دوبارہ انہی کھیتوں میں چلتا اسی جگہ آ نکلا جہاں اُس نے منشی محمد دین کو قتل کیا تھا۔ وہاں سے وہ چھپتا چھپاتا کسی نہ کسی طرح ملک حسن کی حویلی میں داخل ہو گیا۔ رات بہت گزر چکی تھی اس لیے ساری آبادی گہری نیند میں ڈوبی تھی۔ بس گاؤں کے کتے زور زور سے بھونک رہے تھے۔ چودھری نذیر سب سے پہلے حویلی کے اس حصے میں گیا جس میں ملک حسن کے نوکر سوتے تھے۔ سارے نوکر ایک ہی قطار میں چارپائیوں پر سو رہے تھے۔ چودھری نذیر نے جانوروں کا چارہ رکھنے والی کوٹھری میں سے چارہ کاٹنے والا ٹوکا اٹھا لیا۔ ٹوکا بے حد تیز تھا۔ چودھری نذیر نے اس سے باری باری سارے نوکروں کی گردنیں کاٹ

دیں۔

اس کام میں اس نے اتنی تیزی اور پھرتی سے کام لیا کہ کسی بھی نوکر کو پتہ نہ چلا کہ اس کے ساتھی قتل ہو گئے ہیں اور اب اس کی باری ہے۔ نوکروں کو مار کر چودھری نذیر جو نہی ملک حسن کی طرف جانے لگا تو حویلی کے کتوں کو پتہ چل گیا اور انہوں نے زور سے بھونکنا شروع کر دیا جس سے ملک حسن ہوشیار ہو گیا یہ دیکھ کر چودھری نذیر وہاں سے بھاگ آیا اور واپس کھیتوں میں آ کر چھپ گیا۔ صبح ہوتے ہی اس سارے علاقے کو پولیس والوں نے گھیر لیا اور گھر گھر کی تلاشی لینے لگے۔ گھروں کی تلاشی لینے کے بعد پولیس والے چودھری نذیر کو ڈھونڈنے کھیتوں میں بھی آئے لیکن تھوڑے سے کھیتوں کی تلاشی لے کر لوٹ گئے اور جا کہ ملک حسن کو تسلی دی کہ فکر نہ کرو ہم نے سارے علاقے کی ناکہ بندی کر دی ہے۔ گو نگا قاتل ہمارے ہاتھ سے ہر گز نہ بچے گا۔ ہم آج ہی اُسے گرفتار کریں گے۔ ملک حسن کی ڈر کے مارے ٹانگیں کانپ رہی تھیں۔ پولیس والوں کا دعوی سن کر اس کے منہ سے کوئی بات نہ نکلی۔

رات ہوئی تو چودھری نذیر دوبارہ ملک حسن کی حویلی میں داخل ہو گیا حالاں کہ پولیس والے جگہ جگہ پہرہ دے رہے تھے۔ مگر چودھری نذیر چونکہ اس گاؤں کا پُرانا واقف تھا۔ اس لیے وہ بڑی آسانی سے حویلی میں چلا گیا۔ ٹکوا اب بھی اُس کے ہاتھ میں تھا۔ اس نے جا کر ملک حسن کو جگایا اور ٹکوے سے اُس کی زبان کاٹ دی ملک حسن نے بہتری معافی مانگی۔ منت سماجت کی پر چودھری نذیر نے بھی اُسے اپنی طرح کا گونگا بنا کر چھوڑا۔ اس کے بعد اس نے ملک حسن کو قتل نہ کیا۔ بلکہ زندہ

رہنے دیا اور حویلی سے نکل آیا۔ باہر آکر وہ بھاگا نہیں بلکہ شور مچا کر اس نے ادھر ادھر پہرہ دیتے ہوئے پولیس والوں کو اکٹھا کر لیا اور اپنے آپ کو اُن کے حوالے کر دیا چونکہ اس نے اپنے دشمنوں سے بدلہ لے لیا تھا۔ پولیس والے اسے ہتھکڑی پہنا کر تھانے میں لے گئے۔

٭ ٭ ٭

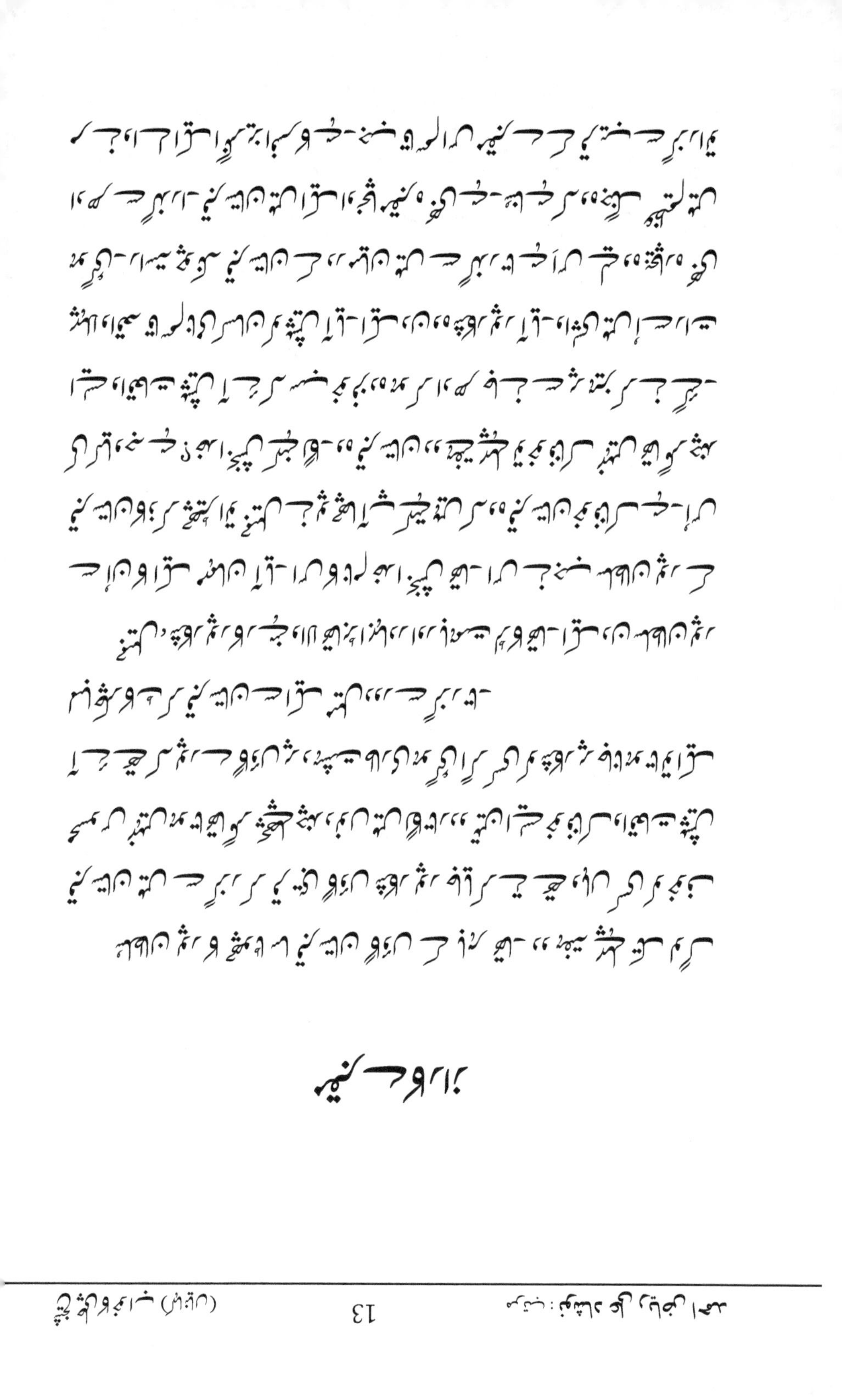

بادروح نيئي

اسے کسی کے ہنسنے کی آواز سنائی دی۔ اُس نے رُک کر دونوں طرف دیکھا مگر کوئی بھی نظر نہ آیا۔ اچانک اس کی نظر مقبرے پر پڑی اس نے قبر کو آپ ہی آپ اُٹھتے دیکھا تو خوفزدہ ہو کر تیزی سے گاؤں کی طرف دوڑ پڑا، گھر تک پہنچتے پہنچتے اس کی عجیب حالت ہو گئی۔ وہ سالوں کا بیمار نظر آنے لگا۔ اس نے اپنے گھر والوں کو مقبرے کے متعلق بتایا۔ اُس رات اُسے شدید بخار آگیا۔ اور صبح سویرے وہ مر گیا۔

دوسرا واقعہ کس کے ساتھ رونما ہوا ہے؟؟ جمیل نے پوچھا۔

خدا بخش کہنے لگا۔ گاؤں کے چند لڑکے چاندنی رات میں وہاں کھیلنے گئے۔ ابھی انہیں کھیلتے ہوئے کچھ دیر ہی گزری تھی کہ انہیں ایک گرجدار آواز سنائی دی۔ انہوں نے دیکھا کہ ایک انسانی ڈھانچہ انگریز کے مقبرے کے پاس کھڑا ہے۔ اور حرکت کر رہا ہے اُس کو دیکھ کر لڑکے دہشت زدہ ہو گئے۔ پھر انہوں نے ڈھانچے کی آواز سنی۔ ڈھانچہ کہہ رہا تھا۔ میں آج تم سب کو کھا جاؤں گا۔ اب تم میں سے کوئی بچ کہ نہیں جا سکتا۔ یہ کہا کہ ڈھانچہ قہقہے لگانے لگا۔ لڑکے اسے دیکھتے ہی تھر تھر کانپ رہے تھے۔ جب اُنہوں نے ڈھانچے کی بات سنی تو وہ گھروں کو بھاگ گئے اُن میں سے تین لڑکے خوف و دہشت کے مارے دوسرے دن ہی انتقال کر گئے۔ اس دن سے لوگوں نے قبرستان کی طرف سے آنا بند کر دیا۔ مگر ایک رات پھر ایسا ہی واقعہ پیش آیا۔ کرمو نامی شخص رات کے وقت پیشاب کرنے اپنے مکان سے باہر نکلا۔ قبرستان اُس کے مکان کے سامنے ہی تھا اُس نے قبرستان میں چند مشعلوں کی روشنی دیکھی۔ چند سفید کفن میں لپٹی ہوئی روحیں مشعلیں لیے قبروں میں گھوم رہی تھیں۔ کرمو نے اپنے ہمسائے کو جگا کر یہ منظر دکھایا۔ ایک گھنٹے تک مشعل بردار

روحیں نظر آتی رہیں۔

اُس کے بعد وہ غائب ہو گئیں۔ جمیل نے بڑی دلچسپی کے ساتھ خدا بخش کی باتیں سنیں۔ اُسے یہ معاملہ بڑا پر اسرار معلوم ہوتا تھا۔ اس کے دل میں خواہش پیدا ہوئی کہ وہ قبرستان کے ان واقعات کی حقیقت معلوم کرے۔ جن کی وجہ سے گاؤں والوں کی راتوں کی نیند حرام ہو گئی تھی۔

دوسرے دن خدا بخش اپنے گاؤں واپس جانے لگا تو جمیل بھی ساتھ چل دیا۔ سلطان پور پہنچ کر خدا بخش نے جمیل کی بڑی خاطر مدارات کی۔ خدا بخش کا لڑکا رمضان جمیل کا ہم عمر تھا۔ رمضان کئی بار جمیل کے گھر رہ کر آیا تھا۔ اس لیے دونوں ایک دوسرے کے لیے اجنبی نہ تھے۔ جمیل نے رمضان سے کہا، میں چاہتا ہوں کہ آج رات قبرستان کی سیر کر لیں۔ نا بھئی نا۔۔۔۔۔ رمضان نے کانوں کو ہاتھ لگا کر کہا: کیا تمہیں ابا جان نے اس قبرستان کے متعلق کچھ نہیں بتایا؟ بتایا تھا، جمیل بولا۔ اور میں صرف اس مقصد کے لیے آیا ہوں کہ روحوں کو اپنی آنکھوں سے دیکھوں۔ مجھے شک ہے کہ وہ روحیں نقلی ہیں۔ رمضان جو خوفزدہ تھا۔ کہنے لگا۔ اگر وہاں کوئی حادثہ پیش آ گیا تو تم ذمہ دار ہو گئے۔ میں تو بھاگ آؤں گا۔ ٹھیک ہے۔ جمیل نے مسکرا کر کہا۔ کیا تمہارے پاس کوئی ہتھیار وغیرہ بھی ہے؟ ایک چھوٹی سی کلہاڑی کے سوا کچھ نہیں ہے۔ رمضان نے جواب دیا۔ ایک بات کا خیال رکھنا۔ ہمارے قبرستان کی طرف جانے کا کسی کو علم نہ ہونے پائے جتنی کہ تمہارے والدین کو بھی نہیں۔ ورنہ وہ ہمیں ادھر جانے سے روکیں گے : دونوں احتیاط اور خاموشی سے قبرستان میں داخل ہو گئے۔

جمیل نے رمضان کو پہلے ہی طریقہ کار سمجھا دیا تھا۔ جمیل قبروں کی اوٹ لیتے ہوئے انگریز افسر کے مقبرے کی طرف بڑھنے لگا وہ دونوں ایک گھنے بر گد کے درخت کے تنے کے پاس پہنچ کر رک گئے۔ دونوں دم سادھے مقبرے کی طرف دیکھنے لگے۔ ایک گھنٹہ گذر گیا۔ پھر اچانک انہوں نے مقبر کا تعویذ خود بخود اٹھتے دیکھا اور اس میں سے کفن پوش روح نکلی۔ اُس کا چہرہ دکھائی نہیں دے رہا تھا۔ باہر آ کر روح نے ادھر ادھر دیکھا پھر قبر کی طرف منہ کر کے کہا، آجاؤ جلدی کرو اس کے خاموش ہوتے ہی قبر سے مزید روحیں نکلنے لگیں ساتویں روحیں نے باہر نکل کر قبر کا تعویذ برابر کر دیا۔ پھر وہ ساتوں روحیں گاؤں کی طرف چل پڑیں۔

انہیں گاؤں کی طرف جاتے دیکھ کر جمیل اور رمضان دونوں کو حیرت ہوئی۔ جمیل نے چند لمحے سوچنے کے بعد کہا۔ اور ہم ذرا انگریز کی قبر دیکھ لیں کہ سات روحیں اُس میں سے کیسے نکلیں جب کہ اس میں صرف ایک آدمی کی لاش ہے۔ رمضان روحیں دیکھ کر خوفزدہ ہو چکا تھا۔ مگر جمیل کی بات نے اُسے حوصلہ دیا۔ مقبرے میں پہنچ کر جمیل نے بڑی احتیاط سے قبر کر تعویذ کو اٹھایا تو یہ دیکھ کر حیرت میں پڑ گیا کہ اس میں زینے بنے ہوئے تھے اور نیچے کسی طرف سے ہلکی ہلکی روشنی آ رہی تھی۔ جمیل نے اس کے کان میں آہستہ سے کہا۔ تم نہیں "ٹھہرو! میں نیچے اترتا ہوں اگر روحیں واپس آتی دکھائی دیں تو مجھے آواز دے دینا"

یہ کہہ کر میں نے خدا کا نام لیا اور قبر میں داخل ہو کر زمینوں پر چلنے لگا اس کا دل بری طرح دھڑک رہا تھا۔ ہاتھ میں کلہاڑی لرز رہی تھی۔ نیچے پہنچتے ہی اُس کی نظر دائیں طرف کھڑے ایک ڈھانچے پر پڑی۔ مگر وہ تو بے جان تھا۔ جمیل نے بغور

وہاں کا جائزہ لیا۔ یہ ایک تہہ خانہ سا تھا۔ دائیں طرف ایک مشعل جل رہی تھی اور زمین پر ایک دری بچھی تھی جس پر ایک ریڈیو بھی رکھا تھا۔ دیوار کے ساتھ کھانے پینے کے برتن اور تیل سے جلنے والا چولہار کھا تھا۔ جبکہ بائیں طرف دس بارہ لکڑی کے صندوق رکھے تھے۔ جمیل کچھ سوچ کر صندوقوں کی طرف بڑھا۔ اس نے ایک صندوق کا ڈھکنا اٹھایا تو اس کی آنکھیں حیرت سے پھیل گئیں۔ اُس میں سونے چاندی کے زیورات اور نوٹوں کی گڈیاں پڑی تھیں۔ دوسرے صندوقوں میں بھی ایسا ہی مال تھا۔

اُس نے سوچا۔ روحوں کے پاس ان چیزوں کا کیا کام۔ مگر یہاں تو کھانے پکانے کا بھی پورا انتظام تھا۔ اور سگریٹوں کے ٹکڑے بھی زمین پر پڑے تھے۔ قریب ہی ایک بندوق پر بھی اس کی نظر پڑی۔ جن کے ساتھ گولیوں کی پیٹی بھی پڑی تھی۔ اب سب کچھ جمیل کی سمجھ میں آ چکا تھا۔ روحوں کی حقیقت معلوم کرکے اُسے بڑی خوشی محسوس ہو رہی تھی۔ اسی لمحہ اسے رمضان بلا رہا تھا۔ جمیل تیزی سے اوپر پہنچا اور باہر آ گیا۔ اُسی لمحے اس کی نظر دُور سے آتی ہوئی سفید پوش روحوں پر پڑی۔ چار روحوں نے کچھ اٹھا رکھا تھا۔ پھر وہ سب مقبرے میں داخل ہو گئیں جمیل نے رمضان کا ہاتھ پکڑا اور قبرستان سے نکل کر گاؤں کی طرف چل پڑا۔

گاؤں میں ایک جگہ دس بارہ آدمی اکٹھے تھے۔ وہ دونوں بھی اُن کے پاس جا کھڑے ہوئے۔ ان لوگوں کی باتوں سے پتہ چلا کہ چار مکانوں میں چوری ہو گئی ہے۔ یہ سن کہ جمیل اور رمضان سمجھ گئے کہ یہ کام صرف اُن روحوں کا ہی ہے۔ جمیل نے اُن لوگوں سے کہا کہ ہم چوروں کو جانتے ہیں لیکن آپ لوگ ہماری بات

پر اعتبار نہیں کریں گے۔ کیوں نہیں؟ ایک بوڑھے آدمی نے کہا کہ تم بتاؤ تو سہی پھر جمیل نے انہیں تفصیلی حالات بتا دیے۔ یہ سن کر گاؤں کے پندرہ بیس آدمیوں نے کلہاڑیاں پکڑیں۔ اور انگریز کے مقبرے کی طرف چل دیے۔ اور خاموشی سے مقبرے کے تہہ خانے میں اتر کر انہیں پکڑ لیا۔ اور پولس کے حوالے کر دیا۔

جمیل کو اس ہمت اور بہادری کے کارنامے پر بھاری انعام ملا۔

٭ ٭ ٭

تین شرارتی ٹھگ

ایک دفعہ کا ذکر ہے کہ تین ٹھگ تھے ٹھگ پورے ملک میں گھومتے پھرتے اور لوگوں سے پیسے بٹورتے رہے۔ یہ ٹھگ کبھی بھی کوئی کام دھندہ نہیں کرتے تھے بلکہ ان کی خواہش ہوتی کہ یہ لوگوں کو بے وقوف بنا کر دولت کمائیں۔ تینوں ٹھگ لطیفے سنانے میں بھی بڑے ماہر تھے اور کمال کے منصوبہ ساز بھی۔ بعض اوقات تو ان کے حالات بڑے اچھے ہوتے اور بعض اوقات یہ لوگ فاقہ کشی کا شکار ہوتے وجہ یہ تھی کہ مستقل ذریعہ روزگار کوئی نہ تھا۔

ایک دن تینوں ٹھگ ایک چھوٹے سے قصبے کے باہر جمع تھے اور یقیناً خود سے شرمندہ تھے۔ کیونکہ کئی ہفتوں سے انہوں نے اپنے کرتبوں سے کسی کو بے وقوف بنا کر کچھ بھی حاصل نہیں کیا تھا یا یوں کہہ لیں کہ ان کو موقع ہی نہیں ملا تھا۔ کسی نے بھی ان کے لطیفوں سے خوش ہو کر یا ان کی جگتوں سے خوش ہو کر ان کو کچھ بھی نہیں دیا تھا۔ بلکہ اس دوران تو یہ بھی کمال ہو گیا کہ ان کی جگتوں یا لطیفوں کو سن کر کسی نے بھی ہنستا گوارا نہ کیا۔ چنانچہ یہ لوگ مایوس ہو کر اس چھوٹے سے قصبے کی طرف آ نکلے۔ اب انہوں نے کسی بھی کام کو سنجیدگی سے کرنے کے بارے میں سوچنا شروع کیا۔ مگر ان کے پاس تو کوئی بھی ہنر نہیں تھا۔

تینوں کافی دنوں تک سوچ بچار کرتے رہے کہ کیا کیا جائے کہ یکا یک ایک ٹھگ اچھل پڑا۔ اس کے دونوں ساتھیوں نے حیرت سے اس کی طرف دیکھا اور پوچھا کہ کیا ہوا ہے کیا تمہیں کوئی ترکیب سوجھی ہے؟ "دوستو میں کافی مقدار میں دودھ لا سکتا ہوں دودھ لانے کی ترکیب مجھے ابھی ابھی سوجھی ہے۔" اس نے چہکتے ہوئے پر جوش لہجے میں کہا۔

کچھ دیر کے بعد اس نے دو مٹکے اپنے گھر کے باہر لا کر رکھ دیئے اس نے ان میں سے ایک میں پانی بھرا اور اس میں تھوڑا سا دودھ بھی ملا دیا۔ مگر دوسرا مٹکا خالی رہنے دیا۔ اس کے بعد اس نے دونوں مٹکوں کو اٹھایا اور دودھ والے کی دکان پر نے دکاندار پر چلا گیا۔ وہاں سے اس نے دکان دار سے کہا کہ ان مٹکوں میں دودھ بھر دو۔ مجھے بڑی ضرورت ہے۔ دکاندار خوش ہو گیا کہ پہلو ڈھیر سارا دودھ فروخت ہو گیا۔ دکاندار نے خالی مٹکے میں جلدی جلدی دودھ بھر دیا۔

"تم مجھے اس دودھ کے بیس ریال دے دو تمہاری بڑی مہربانی۔" دکاندار نے بڑے پیار سے کہا۔ "مگر تم نے تو میرے ساتھ دھوکہ کیا ہے ٹھگ نے دکاندار سے کہا۔ دکاندار نے حیران ہو کر اس کی طرف دیکھا اور پوچھا کہ کیا بات ہو گئی۔ ٹھگ نے دودھ میں انگلی ڈال کر نکالتے ہوئے کہا کہ مجھے تم سے یہ امید نہ تھی کہ تم مجھے اس قدر پتلا دودھ دو گے۔ دکاندار کو دودھ پر اعتماد تھا اس نے کہا کہ اگر تمہیں دودھ پسند نہیں ہے تو تم اس کو دوبارہ اس کے دودھ کے ڈرم میں ڈال دو میری دکانداری خراب نہیں کرو۔

ٹھگ نے مصنوعی غصے سے بڑبڑاتے ہوئے دودھ ملے پانی کا مٹکا اس کے ڈرم

میں انڈیل دیا اور دونوں مٹکوں کو اٹھا کر اپنے دوستوں کے پاس پہنچ گیا دونوں دوستوں نے دودھ سے بھرا مٹکا دیکھ کر خوشی کا اظہار کیا۔ کہ چلو اب کافی دنوں تک چائے کی پریشانی ختم ہوئی کچھ دودھ کی انہوں نے کھیر تیار کی اور باقی سنبھال کر رکھ لیا۔

اب دوسرے ٹھگ نے خوشی سے بتلایا کہ اس کے ذہن میں ایک موٹے تازے مرغ کو حاصل کرنے کا شاندار منصوبہ آیا ہے۔ "میں دو عدد موٹے موٹے مرغے کھانے کے لئے لے کر آؤں گا۔ تم لوگ بے فکر رہو بس اب تماشا دیکھو۔"

پیارے بچو! دوسرا ٹھگ اب مارکیٹ میں پہنچا اور سیدھا مرغیوں کی دکان پر جا کر کھڑا ہو گیا۔ اس دکان سے اس نے دو موٹے موٹے مرغ پسند کئے۔ "میرے دوست! یہ دونوں مرغے نکال دو۔ جج صاحب نے منگوائے ہیں۔ تم کچھ دیر کے بعد آنا اور جج صاحب سے ان کی قیمت لے آنا۔ دوسرے ٹھگ نے اس دکاندار سے کہا۔

مگر! وہ دکاندار بھی بڑا سمجھدار تھا اس کو بے وقوف بنانا کوئی آسان کام نہیں تھا۔ اس نے دونوں مرغ ٹھگ سے چھین لئے اور اس سے کہا کہ میں جج صاحب کو نہیں جانتا۔ تم پیسے لے کر آؤ اور یہ مرغ لے جاؤ۔ میں یہاں مرغ فروخت کرتا ہوں مفت نہیں بانٹتا۔ جج صاحب کو ان مرغوں کی بہت زیادہ ضرورت ہے۔ ان کے مہمان بڑی دور سے آئے ہیں۔"

ٹھگ نے غصے سے کہا "تم انہیں غصہ دلا رہے ہو۔ ان کو بہت غصہ آئے گا جب ان کو معلوم ہو گا کہ تم نے ان کو مرغے نہیں دیئے۔ اچھا تم ایسا کرو کہ میرے ساتھ ہی چلو اور جج صاحب سے پیسے لے آؤ۔"

بھلا دکاندار کو کیا اعتراض ہو سکتا تھا اس نے اپنے لڑکے سے دکان کا دھیان رکھنے کو کہا اور خود اس ٹھگ کے ساتھ چل پڑا۔ جب دونوں جج کے گھر پہنچے تو جج صاحب اپنے ملاقاتیوں میں گھرے بیٹھے تھے۔ ٹھگ نے دروازے سے باہر اس دکاندار کو کھڑا کیا اور خود لوگوں کو پھلانگتا ہوا جج صاحب کے پاس چلا گیا۔

اس نے جج صاحب سے جا کر کہا، جج صاحب! یہ جو آدمی باہر کھڑا ہے یہ اپنے کاروبار کے سلسلے میں بے حد پریشان ہے آپ اس کو آواز دے کر کہیں کہ ابھی تھوڑی دیر بعد تمہارا مسئلہ آسان کر دوں گا۔ جج صاحب نے مسکراتے ہوئے اس دکاندار سے کہا کہ ، سب ٹھیک ہو جائے گا۔ تم تھوڑی دیر ٹھہرو میں ابھی تمہارا مسئلہ حل کئے دیتا ہوں۔ دکاندار نے جب یہ سنا تو اس نے اطمینان کا سانس لیا۔ اب ٹھگ کمرے سے باہر آیا اور اس سے دونوں مرغے پکڑ لئے اور یہ کہتے ہوئے چلا گیا کہ میں ان کو جج صاحب کے حکم سے پکانے کے لئے لے جا رہا ہوں۔ دکاندار کمرے کے باہر مرغوں کی قیمت لینے بیٹھ گیا جو کہ اس کو نہ ملنا تھی اور نہ ہی ملی۔

اب دوسرا ٹھگ مرغوں کو لے کر اپنے باقی دوستوں کے پاس پہنچا۔ دونوں نے خوشی خوشی مرغوں کو پکڑا۔ مرغوں کو ذبح کرنے کے بعد انہوں نے کچھ گوشت پکا لیا اور کچھ گوشت محفوظ کر لیا اس کے بعد ان تینوں نے خوب پیٹ بھر کر کھانا کھایا اور پھر کھیر اُڑائی۔

مگر ا تیسرا ٹھگ تو کچھ بھی کارنامہ نہیں دکھا سکا تھا۔ دونوں ٹھگ نے تیسرے ٹھگ سے کہا کہ "تم نے کل کھانے پینے میں ہماری کوئی مدد نہیں کی تھی۔ تمہیں چاہئے کہ آج کی خوراک کا بندوبست تم کرو۔

وہ ان دونوں کو لے کر ایک سرائے میں داخل ہوا۔ ان دنوں سرائے کا مالک کہیں گیا ہوا تھا اور اس کی بیوی سرائے کا انتظام سنبھالے ہوئے تھی۔ بڑی تمکنت کے ساتھ تیسرے ٹھگ نے اپنے دونوں ساتھیوں کے لئے کھانے کا آرڈر دیا۔ تینوں نے خوب سیر ہو کر کھانا کھایا مگر جب بل کی رقم دینے کا وقت آیا تو تیسرے ٹھگ نے ایک کاکروچ شوربے میں ڈال دیا اس کے بعد اس نے بڑی زور دار آواز میں سرائے کی مالکن کو آواز دے کر بلوایا۔

"ہم نے تمہیں عمدہ سالن بھیجنے کو کہا تھا مگر تم نے اس قدر گندہ سالن ہمیں کھانے کو دیا۔ اُف توبہ۔ میرا تو برا حال ہو گیا ہے ارے دیکھو تو سہی اس شوربے میں کاکروچ پڑے ہیں۔ تم نے ہمیں اس قدر خراب سالن کھلا دیا ہے۔ تیسرے ٹھگ نے چنگھاڑتے ہوئے کہا۔ مالکن نے جب پیالے کی طرف دیکھا تو واقع اس میں کاکروچ پڑا ہوا تھا۔ اس بے چاری نے ان تینوں کی منت سماجت کی اور ان کو تھوڑے بہت پیسے دے کر رخصت کیا۔

کچھ عرصہ ان تینوں نے اپنی سرگرمیاں اس چھوٹے سے قصبے میں جاری رکھیں مگر جب انہوں نے اس قصبے سے چلے جانے کا سوچا تو ان کو کافی دیر ہو چکی تھی۔ قصبے کے لوگ ان کی ٹھگی سے آگاہ ہو چکے تھے۔ چنانچہ انہوں نے ان کو پکڑ کر کوتوال کے حوالے کر دیا اور کوتوال نے ان تینوں کو تفتیش کے بعد قید خانے میں ڈال دیا۔ کچھ عرصہ انہوں نے جیل میں گزارا۔ جیل میں ان تینوں نے بہت ہی برا وقت گزارا پھر جب ان کو آزادی نصیب ہوئی تو انہوں نے مستقل مزاجی سے کوئی کام دھندہ کرنے کا پکا ارادہ کر لیا اور پھر کچھ عرصہ کے بعد یہ لوگ محنت کرنے

کے عادی ہو گئے۔

پیارے بچو! آپ نے دیکھا کہ جھوٹ اور دوسروں کو دھو کہ دینے والوں کو ہمیشہ کامیابی نہیں ملتی مگر پکڑے جانے سے ہمیشہ ذلت ضرور مل جاتی ہے۔

٭ ٭ ٭

شہزادی اور ڈریگون

ایک دفعہ کا ذکر ہے کہ سٹون والز کے قریب ہی ایک شہزادی ایک بہت خوبصورت مگر چھوٹے سے قلعے میں رہتی تھی۔ شہزادی کا نام مار تھا تھا۔ شہزادی کے والدین وفات پا چکے تھے۔ اس کا ایک ہی بھائی تھا جو اس چھوٹی سی ریاست کا حکمران تھا۔ ایک عرصہ سے اس کا بھائی مذہبی جنگوں میں شرکت کرنے کے لئے محاذ پر گیا ہوا تھا۔ مگر شہزادی کے آرام و سکون کا مکمل انتظام کرکے گیا تھا۔ جب اس کا بھائی جنگوں میں شرکت کے لئے گیا تو اس وقت شہزادی بہت کم عمر تھی۔ قلعہ کا انتظام ایک بہت ہی جہاندیدہ آدمی کے ذمے تھا یہ شخص شہزادی کا ہر طرح سے خیال رکھتا تھا۔ جبکہ قلعہ میں دیگر ملازمین بھی بہت چاق و چوبند تھے۔ اور قلعہ کا پورا انتظام ہی بہت منظم طریقہ سے چلا رہے تھے۔ اور غذائی اجناس کی پیداوار بھی بڑی اچھی ہو رہی تھی۔

غرضیکہ شہزادی اور تمام رعایا اپنے شب و روز بڑے آرام و سکون سے گزار رہے تھے۔ انہی دنوں ایک رات یوں ہوا کہ شہزادی نے کچھ شور کی آواز سنی اور اس کو ایسے محسوس ہوا کہ کوئی بہت بڑا پرندہ باغ میں اُترا ہے۔ کیونکہ شہزادی کو اس پرندے کے پروں کی آواز بہت تیز سنائی دے رہی تھی۔ اس نے کھڑکی سے

جھانک کر دیکھا مگر اسے اندھیرے میں کچھ بھی دکھائی نہیں دیا۔ مگر اگلی صبح اس نے دیکھا کہ ایک غیر معمولی حجم کا انڈہ باغ میں پڑا ہوا ہے۔ یہ انڈہ صاف ظاہر کر رہا تھا کہ یہ کسی عام پرندے کا نہیں ہے۔

"میں اس انڈے کو یہاں بالکل نہیں چھوڑوں گی" شہزادی نے دل ہی دل میں سوچا۔ "کوئی نہ کوئی جانور اس کو ضرور توڑ ڈالے گا مجھے اس کی حفاظت کرنی چاہئے۔"

چنانچہ شہزادی مار تھا نے انڈے کو بڑی احتیاط سے اٹھایا اور اس کو کمرے کے اندر لے گئی۔ شہزادی نے اس انڈے کو ایک بہت ہی گرم جگہ پر رکھ دیا۔ چند ہفتوں کے اندر انڈا خود بخود پھوٹ گیا اور اس میں سے ایک ننھا منا سا ڈریگون بر آمد ہوا۔ نوجوان شہزادی نے اس عجیب الخلقت مخلوق کو پالتو جانور کی طرح پالنے کا ارادہ کر لیا۔ چند دنوں میں ہی یہ ڈریگون کافی بڑا مضبوط اور کار آمد دکھائی دینے لگا۔ صرف چند ہفتوں کی پرورش کے بعد اس ننھے ڈریگون نے شہزادی سے کہا،

"پیاری شہزادی، اب آپ کو میری خوراک کے لئے روٹی اور دودھ یا کسی بھی اور چیز کا انتظام کرنے کی کوئی ضرورت نہیں۔ میں اب اپنے لئے خود ہی خوراک کا بندوبست کر لیا کروں گا۔ آپ براہ مہربانی میری خوراک کے لئے فکر مند نہ ہوا کریں۔"

چنانچہ اب قلعہ سے ملحقہ کھیتوں اور باغ میں ڈریگون نے جانا شروع کر دیا۔ اپنی پہلی صبح جو ڈریگون نے خوراک کی تلاش میں قلعہ سے باہر گزاری اس میں ڈریگون نے وہاں پر موجود تمام چوہوں چوہیوں اور سنڈیوں کا صفایا کر کے اپنے ناشتے

کا اہتمام کیا۔ اسی طرح اپنے دو پہر اور پھر رات کے کھانے کا بھی اہتمام کر لیا۔

قلعہ کا بڑا محافظ اور تمام مالی ڈریگون کی اس کارروائی سے بے حد خوش تھے کیونکہ خاص طور پر مالی حضرات اور کاشتکار تو چوہوں اور سنڈیوں سے بہت زیادہ عاجز آچکے تھے۔ مگر اب کوئی بھی اس قسم کی آفت موجود نہیں رہی تھی جو ان کے کھیتوں یا خوراک کے گوداموں میں تباہی لا سکتی اور یہ صرف اور صرف ڈریگون ہی کی وجہ سے ممکن ہوا تھا۔

اس کے بعد کئی سال بڑے سکون سے گزر گئے۔ ڈریگون کی وجہ سے باغات اور کھیتوں سے ان جانوروں کا خاتمہ ہو گیا مگر اسی دوران ڈریگون بہت ہی بڑا ہو گیا۔ شہزادی نے اس کے ساتھ باتیں کرنے کے لئے خاص طور پر ایک چبوترا بنوایا تھا۔ جہاں پر کھڑی ہو کر ڈریگون باتیں کیا کرتی تھی۔ ڈریگون کا یہ رویہ سب کے ساتھ بہت ہی دوستانہ تھا۔ اس کے رویے کے متعلق یہ بات صرف قلعے میں رہنے والے ہی جانتے تھے۔ ارد گرد کے دیہات کے رہنے والے اس سے ابھی تک بہت خوفزدہ رہتے اور اس کے قریب جانے سے گھبراتے بلکہ اس کو دیکھتے ہی سرپٹ دوڑنا شروع کر دیتے تھے۔

اس صورتحال کے پیش نظر لوگوں نے قلعے میں آنا جانا کم کر دیا کسی کو بہت ہی ضروری کام ہوتا تو وہ قلعہ کا رخ کرتا ورنہ کوئی بھی ادھر آنا پسند نہیں کرتا تھا۔ شہزادی نے سوچا: اب یہ تو ممکن نہیں کہ ہم سب لوگوں سے کنارہ کش ہو کر رہ جائیں ہمیں چاہئے کہ کسی اور جگہ ڈریگون کو رکھیں تا کہ ہمارے پاس لوگ آنے سے کترائیں نہیں۔

تب اچانک ایک روز نواب قلعے میں داخل ہوا کسی کو بھی معلوم نہ تھا کہ یہی نواب اصل میں قلعہ اور علاقے کا مالک ہے۔ اس کا حلیہ جنگوں میں شرکت کی وجہ سے کافی بدل چکا تھا۔ قلعہ کا محافظ بھی موجود نہ تھا۔ چنانچہ اس نے مطالبہ کیا کہ اس کی ملاقات شہزادی مارتھا سے کروائی جائے۔ شہزادی مارتھا اب بچی نہ تھی بلکہ بھرپور جوان ہو چکی تھی۔ جب شہزادی آئی تو نواب نے اٹھتے ہوئے اس سے کہا کہ :

"میں تمہارا بھائی ہوں اور مذہبی جنگوں سے واپس آیا ہوں ارے واہ تم تو کس قدر بدل چکی ہو میں جب یہاں سے گیا تھا تو تم اتنی سی گڑیا کی طرح تھیں۔"

دونوں بہن بھائی کئی برسوں کے بعد ملے تھے۔ دونوں نے ایک دوسرے کو گلے لگایا۔ اور دیر تک باتیں کرتے رہے۔ نواب نے کچھ دیر کے بعد شہزادی سے کہا۔ میں تمہارے ڈریگون کو ہلاک کرنا چاہتا ہوں۔ جس نے تمہارا اور تمام لوگوں کا حقیقت میں جینا حرام کر رکھا ہے۔ مجھے قلعہ سے باہر لوگوں نے بتایا ہے وہ بہت ہی خوفناک اور خطرناک جانور ہے میں اس سے تم لوگوں کی جان چھڑاؤں گا۔ تم بالکل فکر نہیں کرنا۔ میں اب آ گیا ہوں۔ پھر بھلا تمہیں فکر مند ہونے کی کیا ضرورت ہے۔"

"میرے پیارے بھائی! میں آپ کو دیکھ کر کس قدر خوش ہوں۔ خدا کا شکر سلامت واپس ہمارے درمیان آئے ہیں"۔ شہزادی نے مسکراتے ہوئے نواب سے کہا۔

تھوڑی دیر کے بعد شہزادی نے نواب سے کہا:

"مگر یقینا آپ کو اس پالتو جانور کے بارے میں کچھ بھی معلوم نہیں ہے۔ ورنہ

آپ ایسی باتیں نہ کرتے۔ وہ تو ایک چھوٹا سا ڈریگون ہے۔ جس کو میں نے اپنے ہاتھوں سے دودھ پلا کر بڑا کیا ہے مگر ابھی تو وہ ایک چھوٹا سا جانور ہے اس کا قد ہی بڑا ہے ورنہ آپ کو اس کے سر پر کوئی ایک بال بھی تو نظر نہیں آئے گا۔"

اس طرح شہزادی نے نواب کے دل سے تمام شکوک و شبہات دور کر دیئے جو لوگوں نے ڈریگون کے بارے میں نواب کو بتلائے تھے۔ جب نواب کو یقین ہو گیا کہ ڈریگون کس قدر کار آمد اور اچھا جانور ہے تو شہزادی اور نواب دونوں نے ڈریگون کو اپنے ساتھ لیا اور آبادی میں چلے گئے۔ انہوں نے لوگوں کو بتایا کہ ڈریگون کس قدر معصوم اور بے ضرر جانور ہے لوگ یونہی اس سے خوفزدہ رہتے ہیں۔

اس کے بعد آبادی کے لوگوں کا ڈر خوف اس ڈریگون سے دور ہو گیا اور وہ ڈریگون سے پیار کرنے لگے۔ ڈریگون بڑی آسانی سے جہاں چاہتا چلا جاتا اب ڈریگون کسی کو بھی تنگ نہیں کرتا تھا لوگ اس سے مذاق کرتے اور وہ بڑا خوش ہوتا۔ اس طرح مزید کئی برس گئے اس عرصہ میں ڈریگون پوری طرح جوان ہو گیا۔ اس کے مکمل طور پر دونوں پر نکل آئے۔ اب اس نے اڑنا بھی شروع کر دیا تھا۔ پھر ایک روز شہزادی نے دیکھا کہ ڈریگون ہوا میں بڑی بلند پرواز کرتا ہوا اپنے ماں باپ کے پاس جا رہا تھا۔ قلعے کے لوگ اور آبادی کے لوگ بھی دیکھ رہے تھے مگر اب تو ڈریگون ان کی پہنچ سے بہت دور ہو چکا تھا۔ اس کے بعد ڈریگون کبھی وہاں دکھائی نہ دیا۔ لوگ اس کو کچھ عرصہ کے بعد فراموش کر گئے مگر شہزادی اس کو یاد کرتی رہی۔

٭٭٭

جابر اور شیر

ہزاروں برس پرانی بات ہے کہ روم کی سلطنت دنیا کی سب سے بڑی سلطنت تسلیم کی جاتی تھی۔ ان دنوں رومیوں کی حکومت یورپ کے ایک بہت بڑے حصے کے علاوہ ایک وسیع و عریض افریقی علاقے اور ایشیا پر بھی تھی۔ انہی دنوں ایک جوان آدمی بد قسمتی سے رومی سپاہیوں کے ہتھے چڑھ گیا۔ اس کا نام جابر تھا یہ اس وقت اپنے گھر بار اور وطن سے سینکڑوں میل دور تھا۔

جابر کو رومی سپاہیوں نے قید کر کے غلام بنا لیا اور اس کو غلاموں کے بازار میں لے جا کر فروخت کر دیا۔ جابر آزادی کا متوالا تھا اور آزادی کو دل و جان سے پسند کرتا تھا۔ اس نے اپنی غلامی کو دل سے قبول نہیں کیا۔ آزادی کی ترکیبیں سوچتا رہتا۔ آخر کار اس کو قید سے فرار ہونے کا موقع کئی برس کے بعد مل ہی گیا۔ جابر قید غلامی سے فرار ہو کر پہاڑوں میں پہنچ گیا جہاں چند لوگ ہی پہنچ سکتے تھے جابر کی پہلی خواہش یہی تھی کہ وہ کسی طرح اپنے وطن میں پہنچ جائے مگر اس کو یہ بھی خطرہ لاحق تھا کہ کہیں وہ راستے میں ہی دوبارہ گرفتار نہ کر لیا جائے، یہ بھی تو ہو سکتا تھا کہ اس کو سفر کے دوران رومی سپاہی دیکھ لیتے۔ کیونکہ ہر جگہ اس کے فرار کی اطلاع پہنچ چکی تھی اگر وہ سڑکوں پر سفر کرتا تو اس کو یقین تھا کہ اس کو مفرور غلام قرار دے

کر دوبارہ گرفتار کر لیا جاتا۔ اگر وہ اپنا سفر جنگلوں یا پہاڑوں پر جاری رکھتا تو اس کو یہ خدشہ تھا کہ وہ یقینی طور پر شدید سردی اور بھوک سے مر جاتا۔

بے انتہا سوچ و بچار کے بعد جابر نے یہی منصوبہ بنایا کہ روم کے نزدیک ہی پہاڑوں میں روپوش ہونا زیادہ بہتر ہے۔

یہ موسم خزاں کے دن تھے۔ جابر دن کے وقت سٹرابری درختوں سے توڑ کر کھا لیتا اور رات کو ایک غار میں سو رہتا۔ دن کے وقت اس کو کھانے کیلئے سٹرابری مل جاتی اور پینے کے لیے پانی، اسی طرح کئی دن گذر گئے۔ ایک دن جنگل میں اسے شیر کے رونے کی اور درد سے کراہنے کی آواز سنائی دی۔ جابر ڈرتے ڈرتے شیر تک پہنچا۔ پہلے پہل تو جابر کو بڑا خوف آیا، اور ایک لمحہ کے سوچا کہ یہاں سے بھاگ جائے۔ مگر جابر انسانیت نواز آدمی تھا۔ اس نے شیر کو بغور مشاہدہ کیا تو پتہ چلا کہ شیر کے پیر میں ایک بڑا سا کانٹا چبھ گیا اور وہ چل نہیں پا رہا ہے۔

شیر کی ملتجانہ نظر جابر پہچان گیا اور اب اُس کا ڈر کافور ہو گیا۔ وہ ہمت سے آگے بڑھا شیر کا پیر اپنے ہاتھ میں لیا اور ایک ہی جھٹکے میں کانٹے کو پیر سے الگ کر دیا۔ شیر زور سے دھاڑا، آواز سن کر جابر کے پسینے چھوٹ گئے۔ جابر نے ایک کپڑے سے زخم پر پٹی باندھ دی، شیر وہاں سے چلا گیا۔

کچھ دنوں بعد سپاہیوں کو جابر کا پتہ چل گیا اور وہ اسے گرفتار کر کے بادشاہ کے سامنے پیش کر دیا گیا۔ بادشاہ نے اسے سزا سنائی کہ اسے جمعہ کے دن سب کے سامنے بھوکے شیر کے سامنے ڈال دیا جائے گا اس سے سب کو سبق ملے گا کہ ہماری حکم عدولی کا انجام موت ہے۔ وہ بھی بدترین موت ۔۔۔۔۔۔۔

جمعہ کے دن بڑے بڑے سلاخوں والے پنجرے میں جابر کو ڈال دیا گیا۔ سارے درباری اور رعایا اس منظر کو دیکھ رہے تھے، پھر ایک چھوٹے پنجرے میں کئی دن بھوکے شیر کو لایا گیا اور بڑے پنجرے میں داخل کر دیا گیا۔ سب منتظر تھے کہ شیر اتنا بھوکا ہے کہ ایک دو جھپٹے میں ہی جابر کا کام تمام کر دیا اور کھا جائے، مگر جیسا درباری اور رعایا سوچ رہی تھی ویسا نہیں ہوا، بلکہ وہ سب شیر کی حرکت دیکھ کر حیرت زدہ رہ گئے۔

شیر نہایت اطمینان سے جابر کے قریب پہنچا اور جابر کے قدموں پر اپنا سر رکھ دیا، جابر نے جب شیر کی پیر کی طرف دیکھا تو اسے پتہ چلا کہ یہ تو وہی شیر ہے جس کی اس نے مدد کی۔ بادشاہ اور درباریوں کو یہ منظر دیکھ کر بڑی حیرت اور تعجب ہوا کہ معاملہ کیا ہے؟؟؟؟ بادشاہ نے جابر کو اپنے پاس بلوایا اور حقیقت دریافت کی، جابر نے سارا ماجرا سنا دیا۔

بادشاہ کو اس کی رحم دلی پر بہت پیار آیا اور اس نے جابر کو معاف کر دیا اور اپنے سپاہیوں میں شامل کر لیا۔

٭ ٭ ٭

رحم دل بونے

صدیوں پرانی بات ہے ایک ملک میں ایک غریب موچی رہتا تھا۔ اس کو اپنی بیوی اور اپنی گزر اوقات کے لئے بڑی سخت محنت کرنا پڑتی تھی۔ ان دونوں کے بچوں نے کچھ عرصہ پہلے ان کا ساتھ چھوڑ دیا تھا۔ کیونکہ وہ لوگ اب جوان ہو چکے تھے۔ غریب موچی نے اپنی دونوں بیٹیوں کی تو شادی کر دی تھی اور دونوں بیٹے بھی اس نے بیاہ دیئے تھے۔ مگر اس کے دونوں بیٹے اب اس کے ساتھ رہنے پر آمادہ نہ تھے۔ چنانچہ اب بڑھاپے میں غریب موچی کو بڑی ہی سخت محنت کرنا پڑی تھی۔ کیونکہ اب تو اس کی نظر بھی کمزور ہو گئی تھی۔ اس زمانے میں بھلا عینک کا رواج تو تھا نہیں۔ آپ سمجھ گئے ناں۔

ایک شام کو یوں ہوا کہ اس موچی کی بیوی نے رات کا کھانا تیار کر کے جب اپنے میاں کو آواز دی تو موچی بدستور کام کر تا رہا۔ اس نے ان سنی کر دی اور اپنے کام میں مشغول رہا۔ موچی کے سامنے والے میز پر چمڑے کے کٹے ہوئے ٹکڑے پڑے ہوئے تھے۔ جن کو اس موچی نے بس اب سینا ہی تھا۔ یعنی چمڑے کی کٹائی ہو چکی تھی اور اب کام تھوڑا ہی باقی تھا۔ جب موچی کی بیوی کا اصرار زیادہ بڑھا تو موچی نے چلاتے ہوئے کہا کہ "میں ان جوتوں کو ضرور تیار کروں گا۔ جوتوں کو

سینے کے بعد بھی میں رات کا کھانا کھاؤں گا۔ نیک بخت! مجھے تنگ نہ کر اور کام کرنے دے"بڑھیا نے اس کے سامنے آتے ہوئے کہا:

"نہیں، نہیں۔ اب بس کرو تم نے سارا دن بھی بہت سخت کام کیا ہے۔ اب تمہیں ہر صورت آرام کرنا چاہیے۔ آؤ میرے ساتھ اور کچھ کھا کر سو جاؤ تا کہ کل بھی کام کر سکو۔ اس چمڑے کو میز پر ہی پڑا رہنے دو۔ اور صبح تازہ دم ہو کر جوتے تیار کر لینا۔ کھانا ابھی گرم ہے کھا لو ورنہ ٹھنڈا ہو جائے گا اور ہاں جب کھانا ٹھنڈا ہو جائے گا تو پھر تم مجھ سے خوا مخواہ ناراض ہو جاؤ گے۔"

چنانچہ موچی نے کام نہ کرنے میں ہی عافیت جانی۔ کیونکہ وہ جانتا تھا کہ اس کی بیوی نے اب خاموشی اختیار نہیں کرنی۔ یہ تو اب بولتی ہی چلی جائے گی۔ اس نے سارا کام اسی طرح چھوڑ کر کھانا کھانے کے لئے کمرے کا رخ کیا۔ کھانا کھا کر تھکا ہارا موچی بے سدھ ہو کر سو گیا۔ پیارے بچو! اگلی صبح جب موچی اپنی دکان میں داخل ہوا جو کہ اس کے گھر میں ہی بنی ہوئی تھی تو اس نے دیکھا کہ جوتے تو بالکل تیار تھے۔ جتنے چمڑے کے ٹکڑے اس نے کاٹ کر رکھے تھے ان سب کے جوتے بالکل بہترین حالت میں تیار تھے۔ اس نے بہت زیادہ حیرانی کے ساتھ ان جوتوں کا مشاہدہ کیا تو اس نے دیکھا کہ نہایت ہی عمدہ ترین جوتے تیار تھے۔ اس نے اس قدر عمدہ جوتے بہت ہی کم دیکھے تھے۔ یہ تو لگتا تھا کہ جیسے کسی بہت ہی ماہر کاریگر نے تیار کئے تھے۔

"بیگم ادھر تو آؤ، دیکھو تو سہی یہ کیا ہے"موچی نے خوشی سے لرزتی آواز میں اپنی بیوی کو آواز دی۔ موچی کی بیوی اس وقت گھر کے کام کاج میں مصروف تھی کیونکہ صبح سویرے کا وقت تھا۔ اس کی بیوی نے جو موچی کو بار بار چلاتے سنا تو وہ

دکان میں چلی آئی۔ اس نے دیکھا کہ موچی کے ہاتھوں میں بہت ہی خوبصورت اور عمدہ ترین جوتے موجود ہیں۔ موچی نے اس کو بتلایا کہ جب اس نے دکان کا دروازہ کھولا تو اس کو یہ جوتے اپنی میز پر بالکل تیار حالت میں ملے تھے۔

"کیا تمہیں یقین ہے کہ تم نے ان کو تیار نہیں کیا موچی کی بیوی نے جوتوں کا جوڑا پکڑتے ہوئے کہا۔ "تم رات کو بہت زیادہ تھکے ہوئے تھے۔ شاید تمہیں یاد نہ ہو کہ تم کیا کام کر چکے تھے۔ تم اچھی طرح یاد کرو۔ میرا تو خیال ہے کہ تم نے ہی یہ جوتے بنائے ہیں۔ بھلا یہ کس طرح ہو سکتا ہے کہ جوتے خود بخود ہی سل جائیں۔ ارے دیکھو تو سہی کس قدر عمدہ جوتے ہیں"

نہیں، نہیں۔ مجھے بالکل یقین ہے کہ ان جوتوں کو میں نے نہیں بنایا اور یاد کرو کہ جب میں نے تمہیں بتایا تھا کہ میں یہ جوتے تیار کر کے ہی کھانا کھاؤں گا تو تم نے ہی تو کہا تھا کہ ان چمڑے کے ٹکڑوں کو یہیں پڑا رہنے دو اور صبح تازہ دم ہو کر کام کرنا۔"

موچی نے پُریقین انداز میں کہا اس کے لب و لہجے میں کسی قسم کا شک و شبہ شامل نہیں تھا۔ اس کی بیوی نے بھی اس کی بات کو تسلیم کیا کیونکہ واقعی اس نے ہی تو کہا تھا۔ اور اس نے چمڑے کے کٹے ہوئے ٹکڑے میز پر رکھے تھے۔

پیارے بچو! آج موچی نے بہت کام کیا۔ بلکہ ان جوتوں کو اس نے بڑے ہی قیمتی جوتوں کی طرح فروخت کیا۔ شام کو موچی نے ایک جوڑا جوتوں کا اور کاٹا۔ اب نے اسی طرح چمڑے کے کٹے ہوئے ٹکڑوں کو پڑا رہنے دیا اور رات کا کھانا کھا کر سو گیا۔ اس نے سوچا کہ دیکھتے ہیں کہ آج رات کیا ہوتا ہے۔ اگلی صبح موچی بڑے جوش

وخروش سے دکان کی طرف بڑھا۔ آج اس نے سویرے سویرے جاگنا پسند کیا اور ناشتہ کئے بغیر ہی اپنی دکان میں چلا آیا۔ وہ دیکھنا چاہتا تھا کہ رات کو اس نے جو چمڑے کے ٹکڑے میز پر رکھے تھے ان کا کیا بنا۔ اس نے وہاں دیکھا کہ اس نے جو چمڑے کے ٹکڑے کاٹ کر رکھے تھے۔ ان کی جگہ نہایت ہی اعلیٰ قسم اور فیشن کے جوتے تیار پڑے تھے۔ یہ جوتے بھی بہت عمدگی سے تیار کئے گئے تھے اور یوں لگتا تھا کہ انہیں کسی بہت ہی ماہر کاریگر نے بڑی محنت سے تیار کیا ہے۔

اس نے خوشی سے چلاتے ہوئے اپنی بیوی کو آواز دی۔ اس مرتبہ اس کی بیوی اس کی پہلی آواز پر ہی دوڑی چلی آئی۔ موچی نے اپنی بیوی سے کہا۔ اس مرتبہ تو کسی قسم کا کوئی شک و شبہ نہیں ہے۔ میں نے اپنے ہوش و حواس میں رہتے ہوئے اور جانتے بوجھتے ہوئے ان ٹکڑوں کو اپنے کام کرنے والی میز پر رکھا تھا۔ مگر ان ٹکڑوں کی جگہ پر اس قدر خوبصورت جوتے تیار ہیں۔ تم دیکھ رہی ہو ناں۔ کس قدر خوبصورت جوتے ہیں۔ اب تو تمہیں بھی کوئی شک نہیں ہو گا۔"

ہاں، ہاں۔ لگتا ہے کہ ہماری قسمت بدلنے والی ہے۔" اس کی بیوی نے مسکراتے ہوئے کہا" لگتا ہے کہ کسی مہربان ان دیکھی مخلوق نے ہمارے برے دنوں کو دور کرنے کے لئے ہماری مدد کرنے کی کوشش کی ہے۔"

چند دنوں کے بعد اس موچی کی دکان میں ایک رئیس خاتون آئی۔ اس نے جوتوں کی اس دکان کو بہت سراہا۔ وہ دیکھ کر حیران رہ گئی کہ جب اس نے بہت ہی عمدہ جوتے تیار دیکھے۔ اس امیر خاتون نے یہ جوڑا مہنگے داموں خرید لیا اور ان کو اپنے رشتے داروں اور ملنے جلنے والوں کو دکھلایا۔ چنانچہ دیکھتے ہی دیکھتے اس موچی کی دکان

پر جوتوں کے خریداروں کا رش لگ گیا۔ ہر بندے کی خواہش تھی کہ اس کا جوتا پہلے تیار ہو۔

ارے بھائی! میں دیکھوں گا کہ میں تمہارے لئے کیا کر سکتا ہوں۔ مجھے کچھ وقت تو دو بوڑھا موچی سب سے یہی کہتا۔ سارا دن موچی گاہکوں سے آرڈر لیتا رہا۔ اور سب سے یہی کہتا رہا اس روز موچی نے ایک بھی جوتے کی سلائی نہیں کی۔ بھلا وہ گاہکوں سے باتیں کرتا یا کوئی کام کرتا۔ مگر اس نے جوتوں کی کٹائی کا کام جاری رکھا۔

اس شام موچی نے تمام جوتوں کی کٹائی کر کے اپنے کام کرنے والی میز پر رکھے اور کھانا کھا کر بڑے مزے سے سو رہا۔ آج کی رات اس کو یقین تھا کہ پہلے کی طرح آج بھی تمام جوتے تیار ہو جائیں گے۔ صبح اس کے لئے خوشیوں کا پیغام لائی تھی۔ وہ بڑا ہی خوش ہوا جب اس نے دیکھا کہ پہلے کی مانند آج بھی جوتے تیار تھے۔ تمام جوڑے بہت شاندار حالت میں تھے اور دور سے ہی بڑے خوبصورت دکھائی دے رہے تھے۔ موچی نے تمام جوتوں کو باری باری باریک بینی سے دیکھا۔ مگر ان جوتوں میں اس کو کسی قسم کا کوئی بھی نقص دکھائی نہ دیا۔

اگلے چند مہینوں میں موچی شہر کا مشہور و معروف موچی بن گیا۔ موچی اور اس کی بیوی بڑی آرام دہ زندگی گزارنے لگے۔ اب ان کے پاس چند مشہور کاریگر بھی تھے اور ان کو کام تلاش کرنے کی بھی کوئی پریشانی نہیں تھی۔ لوگ دور دور سے ان کے پاس جوتوں کے لئے آتے۔ اب موچی غریب موچی نہ تھا۔ بلکہ موچی کے حالات کافی بدل چکے تھے۔ آخرا ایک روز موچی کی بیوی نے اپنے شوہر سے کہا:

میرے سرتاج! ہمیں آج کی رات جاگنا چاہئے اور یہ دیکھنا چاہئے کہ آخر کون

مہربان ہمارے اوپر احسان کر رہا ہے۔ ہمیں آخر پتہ بھی تو چلے "

چنانچہ اس رات موچی نے تمام کٹے ہوئے چمڑے کے ٹکڑوں کو حسب معمول میز پر رکھا مگر سونے کے لئے اپنے کمرے میں نہیں گیا۔ موچی اور بیوی دونوں جاگتے رہے۔ دونوں نے گھر میں کھلنے والے دروازے کی اوٹ سے دیکھنے کا فیصلہ کیا۔ دکان میں انہوں نے دیکھا کہ آدھی رات کے وقت نہایت دبے قدموں کی آواز سے دو بونے دکان میں آ رہے تھے۔ انہوں نے آ کر پہلے تو میز کے پاس موم بتی کو روشن کیا اور پھر دونوں بونے میز کے اطراف میں بیٹھ گئے۔ انہوں نے سنا کہ دونوں بونے آپس میں خوب مذاق کر رہے تھے اور ایک دوسرے سے باتیں کر رہے تھے مگر وہ بہت تیزی کے ساتھ کام بھی کر رہے تھے اور اس قدر تیزی کے ساتھ کہ کوئی انسان نہیں کر سکتا تھا۔

موچی اور اس کی بیوی نے دیکھا کہ دونوں بونے بڑی تیزی کے ساتھ جوتے تیار کر رہے تھے سلائی اور جڑائی اس قدر تیزی سے کر رہے تھے کہ ان کو دیکھنا بھی محال ہو گیا۔ تھوڑی ہی دیر میں انہوں نے دیکھا کہ دونوں بونے اپنا کام ختم کر چکے تھے۔ اچھا تو یہ وہ انجان مہربان تھے جنہوں نے ہماری غربت کو ہم سے دور کیا اور ہماری اس وقت مدد کی جب کوئی بھی مدد کرنے کے واسطے تیار نہ تھا۔ یہاں تک کہ ہمارے بچے بھی ہمیں چھوڑ کر جا چکے تھے۔ دونوں میاں بیوی چپکے سے یہ بہت کچھ دیکھ کر اپنے گھر میں لوٹ آئے۔ انہوں نے سوچا کہ ان لوگوں سے بات کرنے کا فائدہ نہیں ہے اور معلوم نہیں کہ یہ بات کرنے سے ناراض ہی ہو جائیں۔

"تم نے دیکھا کہ کس قدر بوسیدہ لباس ان بونوں نے پہن رکھا تھا۔ "موچی کی

بیوی نے موچی سے بطور یاد دہانی کہا انہوں نے چونکہ ہماری بہت زیادہ مدد کی ہے۔ چنانچہ ہمیں بھی چاہئے کہ ان کا شکریہ ادا کریں۔ میں نے تو فیصلہ کر لیا ہے کہ ان دونوں کو ایک ایک کپڑوں کا جوڑا خود تیار کرکے دوں گی۔ آخر وہ ہمارے محسن ہیں۔ ان کا احسان تو ہم ساری زندگی بھی نہیں اتار سکتے۔ موچی نے اپنی بیوی کے فیصلے کا خیر مقدم کیا اور اس کی بیوی نے چند دن مسلسل سلائی کرکے ان دونوں کے لئے بہت ہی عمدہ گرم کپڑوں کے جوڑے تیار کئے۔ اس کے خیال میں یہ کپڑے دونوں بونے بہت پسند کریں گے۔ موچی کی بیوی نے ان کے قد کاٹھ کا خوب اندازہ کر لیا تھا۔ جب کپڑے تیار ہو گئے تو موچی کی بیوی نے ان کو اچھی طرح چیک کرنا مناسب سمجھا اور اپنے شوہر کو بھی دکھلایا۔ اس کے شوہر نے بھی ان کپڑوں کو بہت پسند کیا۔ چنانچہ موچی نے چمڑنے کے کٹے ہوئے ٹکڑوں کے ساتھ ہی یہ کپڑے بھی رکھ دیئے۔ اس رات موچی اور اس کی بیوی نے یہ دیکھنے کا ارادہ کیا کہ ان کپڑوں کو دیکھ کر ان بونوں کا رد عمل کیا ہو گا۔ چنانچہ دروازے کی اوٹ میں دونوں کھڑے ہو گئے کہ دیکھیں تو بھلا ان کے محسنوں کا رد عمل کیا ہوتا ہے۔

اس مرتبہ بھی آدھی رات کو دونوں بونے آئے اور موم بتی کو روشن کیا۔ دونوں نے کپڑوں کے جوڑوں کو بڑی دلچسپی کے ساتھ دیکھا۔ موچی اور اس کی بیوی نے دیکھا کہ دونوں بونے کپڑوں کو بڑے شوق سے پکڑ کر دیکھ رہے ہیں۔ دونوں نے کپڑوں کو پہن کر دیکھا اور خوش ہوئے کہ یہ تو بہت ہیں آرام دہ اور گرم ہیں۔ ان میں ایک نے دکان کے دروازے کی طرف جاتے ہوئے اپنے ساتھی سے مسکراتے ہوئے کہا:

ارے بھائی! مجھے تو میری اجرت مل گئی ہے۔ میں تو چلا۔" اس کے دوسرے ساتھی نے بھی خوش دلی سے کہا کہ "ہاں! میرے خیال میں تم ٹھیک ہی کہتے ہو۔ اب ہمیں یہاں مزید کام کرنے کی کوئی ضرورت نہیں ہے۔ اب یہ لوگ خاصے خوشحال ہو چکے ہیں۔ ہمیں اب دوسرے ضرورت مند لوگوں کی فکر کرنی چاہئے۔ مجھے یقین ہے کہ ان کو اب ہماری ضرورت نہیں ہے۔"

اس رات کے بعد دونوں بونے موچی کے گھر دوبارہ کبھی نہیں آئے۔ مگر موچی اور اس کی بیوی کو ان کی ضرورت بھی نہیں تھی کیونکہ ان دونوں بونوں کی بدولت اب موچی اور اس کی بیوی خاصے خوشحال ہو چکے تھے۔ اکثر وہ باتوں باتوں میں اپنے مہربان بونوں کو ضرور یاد کرتے اور دعائیں دیتے۔ جنہوں نے ان کی تکلیف دہ زندگی کو آرام دہ زندگی میں بدل ڈالا تھا۔

٭٭٭

حکیم کی چالاکی

ایک مچھیرا بہت غریب تھا۔ وہ روزانہ دریا پر جاتا اور مچھلیاں پکڑ کر اپنے بچوں کا اور اپنا پیٹ پالتا۔ کسی دن بہت ساری مچھلیاں پکڑی جاتیں تو وارے نیارے ہو جاتے اور بعض دن تو کچھ بھی ہاتھ نہ آتا تو غریب مچھیرے اور اس کے بچوں کو بھوکا اور پیاسا ہی سونا پڑتا۔ مچھیرے کا ایک اصول تھا کہ وہ دریا میں صرف تین مرتبہ جال ڈالتا اگر اس میں کچھ ہاتھ لگ جاتا تو بہت خوب ورنہ واپس آجاتا۔

اسی طرح غریب مچھیرے کے دن گزر رہے تھے۔ ایک دن مچھیرا دریا پر گیا اور اللہ کا نام لے کر دریا میں جال ڈال دیا جال ایک دم بہت بھاری اور وزنی معلوم ہوا پھر بہت خوش ہوا کہ ضرور کوئی بھاری اور موٹی سی مچھلی ہاتھ لگی ہے اور اس کو بیچ کر بہت سے روپے ہاتھ لگیں گے لیکن جب مچھیرے نے جال باہر نکالا تو اس کی مایوسی کی انتہا نہ رہی کیونکہ جال میں مچھلیوں کی بجائے بہت سا کیچڑ پھنسا ہوا تھا۔ اب تو مچھیرا بہت مایوس ہوا اور پھر ایک مرتبہ اور دریا میں ذرا آگے کر کے جال پھینکا۔ جال دریا کے اندر چلا گیا۔ مچھیرے نے جال کو جھٹکا دے کر دیکھا، جال وزنی معلوم ہو رہا تھا۔ مچھیرے کی باچھیں کھل گئیں کیونکہ اسے بہت امید ہو چلی تھی کہ اس دفعہ جال میں بہت سی مچھلیاں ہوں گی۔

جن سے وہ گھر کا خرچہ چلا سکے گا۔ خیر اس نے زور لگا کہ جال باہر نکالا لیکن اس مرتبہ بھی اس کی مایوسی اور غم کی انتہا نہ رہی جب اس نے دیکھا کہ جال میں بہت سے پتھر بھرے ہوئے ہیں مچھیرا بہت دل برداشتہ ہوا لیکن پھر بھی تیسری اور آخری مرتبہ آسمان کی طرف منہ اٹھا کر بولا " اے اللہ ! اگر آج تو چاہتا ہے کہ میرے بچے بھوکے اور پیاسے سو جائیں تو پھر ایسا ہی سہی ! یہ کہہ کر اس نے پوری قوت سے جال کو چکر دیا اور دریا میں پھینک دیا۔ جال دریا میں جا گرا اور زوردار آواز پیدا ہوئی اور جال دریا کے پانی میں غائب ہو گیا۔ مچھیرے نے تھوڑی دیر انتظار کیا اور پھر آہستہ آہستہ کر کے جال کو دریا سے باہر کھینچنا شروع کر دیا لیکن اس دفعہ جال میں وہ وزن نہیں محسوس ہو رہا تھا جو کہ پچھلی دو مرتبہ محسوس ہوا تھا پھر بھی یہ ضرور محسوس ہو رہا تھا کہ جال میں کوئی نہ کوئی چیز ضرور موجود ہے آخر مچھیرے نے ایک جھٹکے سے جال کو دریا سے باہر نکال لیا۔ اس نے دیکھا کہ جال میں ایک بڑی اور چپٹی سی بوتل پھنسی ہوئی ہے۔ مچھیرے نے کچھ حیرت اور کچھ تعجب سے دیکھا۔

اس نے سوچا کہ شاید اس بوتل میں کوئی قیمتی چیز ہو۔ یہ خیال کر کے مچھیرے نے بوتل کو جال سے نکال لیا اور اس کا ڈھکنا کھولنا چاہا لیکن ڈھکنا بہت مضبوطی سے بند کیا گیا تھا، آسانی سے کھل نہیں رہا تھا۔ آخر مچھیرے نے زور لگا کر جھٹکا جو دیا تو بوتل ایک دم کھل گئی اور اس میں سے دھواں نکلنے لگا مچھیرا حیران ہو کر بوتل کو دیکھنے لگا کہ اس میں سے یہ دھواں کیسا نکل رہا ہے۔ دیکھتے ہی دیکھتے یہ دھواں ایک خوفناک جن کی شکل اختیار کر گیا اور وہ جن کہنے لگا " اے بادشاہ سلیمان ! آپ مجھے معاف کر دیں آئندہ میں کبھی ایسی غلطی نہیں کروں گا۔

ماہی گیر پہلے تو بہت خوفزدہ ہوا لیکن جن کے الفاظ سن کر وہ رک گیا۔ اس نے کہا" اے جن! مجھے معلوم ہے کہ حضرت سلیمان کا زمانہ تو بہت پرانا تھا لیکن اب تم ان سے کس بات کی معافی مانگ رہے ہو، کیا میں پوچھ سکتا ہوں کہ تم کون ہو ؟" جن نے سُرخ سُرخ آنکھوں سے مچھیرے کو دیکھا اور بولا " اے بے ادب ! حضرت سلیمان کا نام ذرا تمیز سے لے اور اپنے آخری وقت جیسے یاد کرنا ہے کر لے، میں تجھے قتل کر نیو الا ہوں: ماہی گیر بولا "بھائی ! میں نے تمہیں کیا نقصان پہنچایا ہے کہ تم مجھے قتل کرنے پر تیار ہو گئے حالانکہ تم کئی سو سالوں سے اس جگہ بند پڑے تھے اور اب مجھے قتل کرنا چاہتے ہو " جن نے کہا " بے شک ! تم نے مجھے رہا کیا ہے لیکن میں نے قسم کھائی ہے جب حضرت سلیمان نے ناراض ہو کہ مجھے اس بوتل میں قید کیا۔ میں نے قسم کھائی کہ سو سال میں جو مجھے اس بوتل سے آزاد کرے گا میں اسے بادشاہ بنا دوں گا لیکن مجھے کسی نے اس قید سے آزاد نہیں کیا۔ پھر میں نے قسم کھائی کہ جو اب دو سو سال میں مجھے آزاد کرے گا میں ساری دنیا کے خزانے اس کے قدموں میں ڈھیر کر دوں گا لیکن پھر بھی کسی انسان نے مجھے آزاد نہ کیا۔ اب میں تنگ آ چکا لہذا میں نے اب قسم کھائی کہ اب جو بھی مجھے اس بوتل سے باہر نکالے گا میں اسے قتل کر دوں گا۔ چنانچہ اب تم نے مجھے آزاد کرایا ہے اور میں تمہیں قتل کر دوں گا۔ مچھیرا بہت پریشان ہوا کہ وہ بیٹھے بٹھائے کس مصیبت میں پھنس گیا۔

آخر اس کے ذہن میں ایک ترکیب آئی۔ وہ جن سے بولا ٹھیک ہے، میں تیرے ہاتھوں قتل ہونے کو تیار ہوں لیکن تجھے پہلے یہ ثابت کرنا پڑے گا کہ تم جو کہہ رہے ہو وہ سچ ہے یا جن حیران ہو کر بولا کیا مطلب ہے تمہاری بات کا؟ مچھیرا

بولا یہ بھی تو ہو سکتا ہے کہ تم مجھے قتل کرنے کے بہانے یہ کہانی سنا رہے ہو اجن غصے میں آکر بولا" تمہارا مطلب ہے میں یہ جھوٹ بول رہا ہوں اور تم مکاری کر رہا ہوں۔ مچھیرا مکاری سے بولا "سچ پوچھو تو مجھے یہی معلوم ہوتا ہے ورنہ سوچنے کی بات ہے کہ تمہارے جیسا بڑا اجن اس چھوٹی سی بوتل میں کس طرح آگیا، جتنی بڑی یہ بوتل ہے اس میں تو میرا ایک بھی پاؤں نہیں آسکتا پھر تم کیسے سما گئے، جن مزید غصے میں آکر بولا "لو یہ کون سی بڑی بات ہے میں تمہیں اس بوتل میں پھر داخل ہو کہ دکھا سکتا ہوں، پھر تو تمہیں میری بات کا یقین آجائے گا۔ ہاں! پھر مجھے تمہاری بات کا یقین آجائے گا۔ مچھیرا اس ہلا تو ہوا بولا لیکن اس کے بعد میں تمہیں قتل کر دوں گا کیونکہ میں قسم کھا چکا ہوں۔ جن نے یاد دلایا۔ مچھیرا اجن کی حماقت پر دل ہی دل میں ہنستا ہوا بولا" بالکل ٹھیک ہے، مجھے یہ بھی منظور ہے۔ اب جن ایک مرتبہ پھر دھویں میں تبدیل ہوا اور بوتل میں چلا گیا۔

جن کا بوتل میں داخل ہونا تھا کہ مچھیرے نے جلدی سے لپک کر بوتل کے اوپر حضرت سلیمان والی مہر لگا دی۔ جن اب ایک مرتبہ پھر بوتل میں قید ہو چکا تھا۔ جب جن کو مچھیرے کی چالاکی کا علم ہوا تو وہ گڑ گڑانے لگا اے مچھیرے مجھے معاف کر دے میں تو صرف تجھے ڈرا رہا تھا ورنہ میرا مقصد تجھے قتل کرنا نہیں تھا۔ اب مجھے باہر نکال دے میں وعدہ کرتا ہوں کہ آئندہ کبھی انسان کو تنگ نہیں کروں گا۔ مچھیرا کہنے لگا" تجھے معاف نہیں کیا جا سکتا کیوں کہ تو نے بالکل وہی کام کیا ہے جو ایک یونانی بادشاہ نے حکیم لقمان کے ساتھ کیا تھا۔

کون سا کام ہے جن نے کہا۔ مجھے حکیم اور بادشاہ والی کہانی ضرور سناؤ مچھیرے

نے کہا میں تمہیں یہ کہانی ضرور سناؤں گا کیونکہ وہ بادشاہ بھی تمہاری طرح احسان فراموش تھا۔ یہ کچھ دیر تھوڑی دیر رکا اور پھر بولنے لگا۔ ایک دفعہ یونان کا بادشاہ ایک بہت خطرناک بیماری میں مبتلا ہو گیا۔ اس نے بہت سے حکیموں اور طبیبوں سے علاج کرایا لیکن کچھ فائدہ نہ ہوا۔ تمام حکیموں نے جواب دے دیا کہ اگر کچھ عرصہ تک بادشاہ اسی طرح بیماری میں مبتلا رہا تو اس کی موت یقینی ہے۔

ایک دن بادشاہ کو معلوم ہوا کہ ایک حکیم لقمان ہے اس کے پاس تقریباً ہر بیماری کا علاج موجود ہے۔ اگر بادشاہ اپنا علاج اس سے کرائے تو ضرور صحت یاب ہو سکتا ہے۔ بادشاہ نے اپنی فوج کے آدمی روانہ کر دیئے کہ حکیم لقمان کو اس کے دربار میں حاضر کیا جائے حکیم لقمان کو بادشاہ کے علاج کیلئے دربار میں پیش کیا گیا۔ لقمان حکیم نے بڑی توجہ سے بادشاہ کا معائنہ کیا اور بولا آپ بالکل فکر نہ کریں آپ کی بیماری کا علاج میرے پاس موجود ہے۔ بادشاہ خوش ہو کر بولا اگر تم میرا علاج کرنے میں کامیاب ہو گئے تو میں تمہیں انعام سے مالامال کر دوں گا۔ حکیم لقمان نے جواب دیا حضور مجھے انعام کا لالچ نہیں ہے۔ میں تو بس آپ کی صحت چاہتا ہوں۔ آپ کی بیماری کے لئے جس دوا کی ضرورت ہے اسے تیار کرنے میں چند دن لگیں گے اور پھر اس کے استعمال سے آپ کی بیماری جاتی رہے گی۔ بادشاہ نے حکیم لقمان کو انعام دے کر رخصت کر دیا۔

چند روز بعد حکیم لقمان بادشاہ کے پاس ایک گیند لیکر آیا اور بولا حضور! آپ میدان میں جا کر خوب دوڑ لگائیں اور جب خوب تھک جائیں اور سارے جسم سے پسینہ بہنے لگے تو اس گیند کو جسم پر مل کر نہا لیں۔ انشاء اللہ مجھے امید ہے کہ اس کے

بعد آپ بالکل تندرست اور رصحت یاب ہو جائیں گے۔ بادشاہ نے گیند لے لی اور اس دن میدان میں خوب دوڑا اتنا دوڑا کہ جسم پسینے سے شرابور ہو گیا۔ اب بادشاہ نے حکیم لقمان کی ہدایت کے مطابق اس گیند کو جسم پر ملا اور تھوڑی دیر بعد گرم پانی سے اچھی طرح نہا لیا۔ در اصل اس گیند میں ایک دوائی بھری ہوئی تھی جو مساموں کے ذریعے جسم میں داخل ہو گئی تھی۔

غسل کرنے کے بعد بادشاہ نے اپنے جسم میں ایک نئی قوت اور توانائی محسوس کی اور ایک آدھ روز میں اس کی بیماری مکمل طور پر ختم ہو گئی۔ اب تو بادشاہ بہت خوش ہوا اور اس نے حکیم لقمان کو بلا کر انعام سے مالا مال کر دیا۔

بادشاہ کا وزیر بہت کمینہ پرور تھا۔ جب اس نے دیکھا کہ بادشاہ حکیم پر بہت مہربان ہے تو اس نے بادشاہ کے کان بھرے کہ یہ حکیم مجھے دشمن کا جاسوس معلوم ہوتا ہے۔ ہمارے ملک کے راز معلوم کرنے کے لئے اس نے آپ کی جان ہے۔

مکار وزیر نے بادشاہ کے ایسے کان بھرے کہ اس نے حکیم کو بلایا اور سپاہیوں کو حکم دیا کہ اس حکیم کا سر قلم کر دو۔ جب حکیم سے اس کی آخری خواہش پوچھی گئی تو اس نے کہا "میرے گھر کی الماری میں ایک کتاب رکھی ہے ،اسے لایا جاتے ہیں وہ بادشاہ کو پڑھوانا چاہتا ہوں۔ کتاب لائی گئی لیکن جب بادشاہ نے کتاب کو پڑھنا چاہا تو اس کے صفحے جڑے ہوئے تھے۔ بادشاہ نے انگلی گیلی کر کے صفحے علیحدہ کئے۔ ہر صفحے پر زہر لگا ہوا تھا۔ یہ زہر تھوک کے ساتھ بادشاہ کے اندر چلا گیا اور وہ تڑپ تڑپ کر مر گیا۔ حکیم نے کہا "اگر بادشاہ مجھے مروانے کی کوشش نہ کرتا تو وہ خود نہ مرتا یہ کہانی سنا کر مجھیرا بولا "اگر تو مجھے قتل کرنے کی خواہش نہ کرتا تو اس مصیبت

میں نہ پھنستا۔

جن اس کہانی سے بہت متاثر ہوا اور پھر حضرت سلیمان کی قسم کھا کہ بولا کہ اگر مچھیرے نے اسے یہ رہا کر دیا تو وہ اسے مالا مال کر دیگا۔ مچھیرے نے جن کو رہا کر دیا۔ اس پر جن نے خوش ہو کر مچھیرے کو اس قدر دولت دی کہ اس کی کئی نسلوں کے لئے کافی تھی۔

* * *

بے وقوف گدھا

ایک گدھا کسی جنگل میں رہتا تھا۔ اس کا کوئی کام نہیں تھا۔ بس گھومتا رہتا۔ جہاں ہری ہری گھاس نظر آجاتی پیٹ بھر کر کھاتا، کسی تالاب پر پانی پی لیتا اور زمین پر لوٹتے رہتا۔ یوں اس کی زندگی بہت اچھی گذر رہی تھی مگر اسے ہمیشہ ایک ڈر رہتا تھا۔

ایک دن اسے ایک لومڑی مل گئی۔ گدھا اس دن بہت خوش ہو رہا تھا۔ اچھی اچھی گھاس نے اس میں نئی طاقت بھر دی تھی۔ اس نے لومڑی کو دیکھا تو ذرا آواز بھاری بنا کر بولا۔ "اے بی لومڑی! اگر آج شیر مل جائے تو بس میں ایک دو لتی میں اس کا کام تمام کر دوں۔"

لومڑی اس دن نیکی کے موڈ میں تھی اس نے اسے سمجھایا کہ وہ ایسی غلطی نہ کرے ورنہ مارا جائے گا۔ لومڑی نے اسے سمجھاتے ہوئے کہا:

تم ہو تو گدھے مگر گدھے پن کی بات مت کرنا، تم دیکھتے ہو بڑے بڑے جانور بھی شیر سے ڈرتے ہیں۔ "لومڑی کی بات گدھے کی سمجھ میں آگئی اس نے سوچا کہ لومڑی جیسا چالاک جانور بھی شیر سے ڈرتا ہے اس لیے اسے بھی اپنی دل کی تمنا دل میں رکھنا چاہیے۔ وہ چپ ہو گیا مگر اس کا دل چاہا کہ وہ بھی شیر بن جائے تا کہ سب

جانور اس سے ڈریں۔ وہ اکثر دیکھتا تھا کہ جب شیر تالاب پر پانی پینے آتا تھا تو سب جانور وہاں سے بھاگ جاتے تھے اور شیر اکیلا مزے مزے سے پانی پیتا تھا۔ حالانکہ جب گدھے چارا جاتا تو جانور اسے دھکا دیتے اور اسے بڑی مشکل سے پانی پینے کو ملتا۔ ایک بار تو ایک بھالو نے اسے اس زور سے دھکا دیا تھا کہ وہ تالاب میں گر گیا تھا اور بڑی مشکل سے باہر نکلا تھا۔

گدھے چارا ہمیشہ کی طرح گھومنے پھرنے میں لگ گیا۔ ایک روز وہ گھنے جنگل سے گزر رہا تھا تو اس نے دیکھا شیر کی کھال زمین پر پڑی ہے۔ پہلی نظر میں تو گدھا خوف زدہ ہو گیا تھا مگر جب اس نے غور کیا تو پتا چلا کہ وہ اصلی شیر نہیں ہے بلکہ شیر کی صرف کھال ہی ہے۔ گدھے کی مراد بر آئی۔ آس پاس کوئی تھا بھی نہیں۔ اس نے جھٹ پٹ کھال پہن لی۔ کھال پہن کر اس نے تالاب کا رخ کیا۔ اس کا مقصد تھا کہ پانی میں اپنا عکس دیکھے۔ ابھی وہ تالاب سے تھوڑی دور تھا کہ جانور بھاگنے لگے۔ گدھا خود بھی چوکنا ہو گیا اور ایک طرف کو دوڑا۔ وہ سمجھا تھا کہ شاید شیر آ گیا مگر اسے حیرت ہوئی کہ جس طرف بھی وہ جاتا جانور وہاں سے بھاگ کھڑے ہوتے۔ اب اس کی سمجھ میں آیا کہ سارے جانور تو اسے ہی شیر سمجھ رہے ہیں۔

اس بات سے گدھے کی ہمت بہت بڑھ گئی۔ اب تو گدھے کے مزے ہو گئے۔ وہ جہاں جاتا اکیلا ہوتا۔ تالاب پر اطمینان سے پانی پیتا۔ جب تالاب پر ہوتا تو اسے کوئی تنگ نہ کرتا۔ سارے جانور اس کے آرام کا خیال رکھتے ، گدھے نے شیر کی کھال کیا پہنی تھی اس کے تو دن ہی بدل گئے تھے۔ گدھا بہت خوش تھا اور ہر طرح یہ کوشش کرتا کہ جنگل کے جانوروں کو پتا نہ چلے۔ وہ خاص طور سے لومڑی سے بچتا

تھا کیونکہ اسے خبر تھی کہ لومڑی بہت چالاک ہے۔

لومڑی تھی تو چالاک، وہ اس ٹوہ میں لگی رہتی تھی کہ یہ نیا شیر جنگل میں کہاں سے آگیا ہے۔ مگر گدھے کو اس بات کی بالکل خبر نہیں تھی۔ ایک دن گدھے نے خوب کھانا کھایا۔ سیر ہو کر پانی پیا۔ گہری نیند سویا۔ جب جاگا تو بھول گیا کہ اس نے شیر کی کھال پہن رکھی ہے۔ لگا اپنی آوازیں نکالنے۔ لومڑی کہیں قریب تھی۔ وہ بھاگی بھاگی آئی دیکھا تو شیر ڈھینچو ڈھینچو کی آوازیں نکال رہا ہے۔ اب اسے معلوم ہوا کہ شیر کی کھال میں ایک گدھا چھپا ہوا ہے۔

وہ کہنے لگی:

ارے گدھے جب شیر بنا تھا تو آواز بھی شیر والی لے کر آتا۔ تو بولنے سے پکڑا گیا۔

سچ ہے کہ نقل کرنے والا اصل نہیں ہوتا اور جھوٹ کھل ہی جاتا ہے۔

٭٭٭

تین گنجے اور نائی

پرانے زمانے کی بات ہے کسی گاؤں میں ایک نائی، ایک پینٹر اور ایک گنجا سا تھ ساتھ رہتے تھے۔ گلی کے موڑ پر نائی کی دکان تھی پینٹر اور گنجا سارا دن وہیں بیٹھے رہتے۔ پینٹر نے اپنے رنگ اور برش بھی اس کی دکان کے ایک کونے میں رکھے ہوئے تھے۔

نائی اپنے کام میں بالکل اناڑی تھا۔ لوگ اس سے حجامت بنواتے ہوئے ڈرتے تھے۔ اگر کوئی بھولا بھٹکا حجامت بنوانے آ جاتا تھا تو اس کی واقعی حجامت بن جاتی تھی۔ سر سے جگہ جگہ سے خون بہہ نکلتا اور گالوں پر بھی ٹِک لگ جاتے۔ یہی وجہ تھی کہ لوگ اس سے دُور بھاگتے تھے۔

پینٹر کا حال اس سے بھی بُرا تھا۔ اسے تو رنگ کرنا آتا ہی نہیں تھا۔ کبھی کوئی گاہک پھنستا تو اس کے بورڈ یا اشتہار کا ستیاناس مار دیتا۔ اس لئے وہ بھی اکثر بے کار ہی رہتا تھا۔

رہ گیا گنجا۔ تو وہ صرف محنت مزدوری کرتا تھا۔ وہ اپنے گنجے سر پر بڑے بڑے بوجھ اٹھاتا اور پھیرہ پہنچانے کے بعد پھر نائی کی دکان پر آ کر بیٹھ جاتا۔ لوگ یہیں سے اسے مزدوری کے لئے بلاتے تھے۔ وہ بھی اپنا ٹوکرہ نائی کی دکان میں رکھتا تھا اور

سچ پوچھیئے تو، نائی اور پینٹر کی گذر اوقات بھی اسی کی وجہ سے ہو رہی تھی۔ اگر وہ مزدوری نہ کرتا تو دہ دونوں اور ان کی بیویاں بھوکوں مر جاتے۔

تینوں کی بیویاں ان تینوں سے تنگ تھیں۔ نائی اور پینٹر کی بیویاں تو اس لئے تنگ تھیں کہ ان کے شوہر نکھٹو تھے کچھ کما کر نہیں دیتے تھے اور گنجے کی بیوی کی اُس سے اِس لئے تنگ تھی کہ وہ جو کچھ کماتا اس کے تین حصّے کر دیتا تھا۔ ایک خود رکھتا اور دو حصّے نائی اور پینٹر کو دے دیتا۔ پڑوسی تو تھے ہی۔ ان کی بیویاں بھی آپس میں مل بیٹھتی تھیں۔ جب بھی وہ اکٹھی ہوتیں اپنے اپنے میاں کی بُرائی کرتیں۔

ایک دن ایک فوجی جوان، قسمت کا مارا نائی کی دکان پر حجامت کرانے آگیا۔ اس وقت گنجا اور پینٹر بھی وہیں موجود تھے۔ نائی نے ایک زوردار گاہک کو اپنی دکان کی طرف آتے دیکھا تو اس نے ان دونوں کو خاموش ہو جانے کا اشارہ کیا۔ فوجی شاید اس گاؤں کا نہیں تھا ورنہ وہ نائی کی دکان کا رُخ کیوں کرتا۔ "کیوں میاں۔ یہ نائی کی ہی دکان ہے نا؟" فوجی نے اندر آنے کے بعد حیران ہو کر پوچھا۔

"اور تمہیں کسی کباڑیے کی دکان نظر آتی ہے یہ۔" نائی نے بُرا مان کر کہا۔

"میرا مطلب یہ نہیں تھا۔ دراصل یہاں رنگ اور برش وغیرہ بھی تو پڑے ہیں اور ایک طرف ایک ٹوکرا بھی رکھا ہے؟"

"اوہ۔ یہ۔ دراصل بات یہ ہے کہ یہ دکان صرف نائی کی ہی نہیں ہے بلکہ ایک پینٹر اور ایک مزدور کی بھی ہے۔ تم کہو تمہیں حجامت بنوانی ہے یا پینٹری کرائی ہے یا پھر مزدور چاہیئے۔"

"بھئی واہ۔ اس کا مطلب یہ ہوا کہ یہ دکان ایک پنتھ تین کاج کا کام دیتی ہے۔"

فوجی بولا۔

آپ ٹھیک سمجھے۔ گنجے نے خوش ہو کر کہا۔

"اچھا تو پہلے تو تم میری حجامت بناؤ، پھر میری شیو کرنا تمہارے ہاں نہانے کا انتظام تو ہو گا نہیں : فوجی بولا "جی نہیں۔ گاؤں کے لوگ کنویں پر نہاتے ہیں۔ وہ کھلی ہوا میں نہانے کے عادی ہیں "نائی نے جواب دیا۔

"ٹھیک ہے، ٹھیک ہے۔ میں سمجھتا ہوں۔ ہاں تو میں کہہ رہا تھا، پہلے بال کاٹو، پھر شیو بناؤ۔ اس کے بعد میں گنجے کو اپنے ساتھ لے جاؤں گا۔

"کیا! مجھے لے جاؤ گے۔ کہاں۔ اور کس لئے۔

"دراصل میں ایک فوجی ہوں؟

کیا کہا۔ فوجی ہو۔ تینوں تھر تھر کانپنے لگے۔

"ہاں۔"

تت۔۔۔۔۔۔تو۔۔۔۔۔۔تم مجھے کہاں لے جاؤ گے ، گنجے نے گھبرا کر کہا۔

"اسٹیشن پر میرا صندوق پڑا ہے وہ اٹھا کر یہاں لانا ہو گا۔ پھر میں اس صندوق پر رنگ کراؤں گا۔"

تینوں خوش ہو گئے۔ اتنا زیادہ شاندار گاہک اس دکان میں کبھی نہیں آیا تھا جو بیک وقت تینوں کو کام دے دیتا لیکن نائی خوش ہونے کے باوجود ڈر رہا تھا کہ کہیں فوجی کے کوئی ٹک نہ لگ جائے۔ اس نے لرزتے ہاتھوں سے بال کاٹنے شروع کئے۔ فوجی آنکھیں بند کر کے بیٹھ گیا۔ اچانک قینچی کی نوک فوجی کی کھوپڑی سے ٹکرائی۔ وہ چونک اٹھا۔

"یہ کیا ہوا تھا۔" اس نے پوچھا۔

"جی۔ میرا ہاتھ ہل گیا تھا۔ قینچی لگ گئی تھی"۔

"خون تو نہیں نکلا"۔ فوجی نے گھبرا کر کہا۔

"جی۔ جی نہیں خون نہیں نکلا"۔ نانی نے کہا۔ حالانکہ میاں فوجی کی کھوپڑی سے خون تیزی سے نکل رہا تھا۔ وہ اب پھر آنکھیں بند کر کے بیٹھ گیا۔ شاید اسے نیند آ رہی تھی۔ پھر شاید اس کی آنکھ ہی لگ گئی کیونکہ اس کے بعد بھی اس کے سر پر تین زخم لگے مگر اس نے آنکھ نہ کھولی۔ اب شیو کی باری آئی۔ نائی نے صابن لگایا اور احتیاط سے استرا چلانے لگا اچانک استرا گال کی ہڈی سے ٹکرایا اور خون جاری ہو گیا۔ اس نے جھٹ وہاں روٹی کا پھاہار کھ دیا۔ اس سے پہلے وہ سر پر بھی تین پھاہے رکھ چکا تھا۔ جب تک شیو مکمل ہوئی چار جگہ زخم اور آ چکے تھے۔ چوتھا زخم تو کچھ زیادہ ہی بڑا آیا تھا۔ اس سے فوجی کی آنکھ کھل گئی۔ اس نے چونک کر آئینے میں دیکھا کچھ دیر تک حیران ہو کر دیکھتا رہا۔

"یہ میرا سر ہے یا کپاس اور چقندر کا کھیت ہے معلوم ہوتا ہے ایک ہی کھیت میں کپاس اور چقندر بو دیئے گئے ہیں۔ یہ تم نے حجامت بنائی ہے"۔ اس نے غصیلے لہجے میں کہا۔ جی۔ جی ہاں۔ حجامت ہی تو بنائی ہے، نائی نے بمشکل کہا۔

"ہاں! حجامت تو تم نے واقعی بنا دی میری۔ خیر میں سمجھوں گا تم سے پہلے میں گنجے کو لے کر اپنا صندوق لے آؤں، خبر دار! یہاں سے بھاگنے کی کوشش نہ کرنا، ورنہ میں تمہارے اس گنجے کی کھوپڑی میں سوراخ کر دوں گا"۔ اس نے اس قدر خوفناک لہجے میں کہا کر تینوں کانپنے لگے۔ چلو گے۔ میرے ساتھ "۔ چچ ۔۔۔۔۔۔

پچچ.....گنجے کے منہ سے نکلا۔

"یہ پچچ پچچ کیا کر رہے ہو۔ کس بات پر افسوس کر رہے ہو۔ چلو".....

پچچ.....چلئے۔ اور تم دونوں بھاگنے کی کوشش نہ کرنا ورنہ میں بے موت مر جاؤں گا۔ گنجا لرزتا کانپتا فوجی کے ساتھ چل پڑا۔ دونوں بُت بنے دکان میں بیٹھے رہ گئے۔

صندوق کافی وزنی تھا۔ گنجے نے اسے سر پر اٹھایا تو اسے یوں لگا جیسے سر پلپلا ہو جائے گا اور بھیجا باہر نکل آئے گا۔ اس کی گردن ادھر ادھر ہونے لگی۔ یہ دیکھ کر فوجی بولا، "تم عجیب مزدور ہو۔ ذرا سا صندوق بھی نہیں اٹھایا جا رہا ہے۔"

"یہ ذرا سا ہے۔ میں نے اپنی زندگی میں اس سے بڑا صندوق آج تک نہیں اٹھایا"۔

"اچھا، اچھا، باتیں نہ بناؤ سیدھے نائی کی دکان کی طرف چلو ادھر ہی کو جا رہا ہوں۔ اس نائی کے بچے کی وجہ سے ہی تو اس مصیبت میں پھنسا ہوں۔

"کیا کہا۔ میں مصیبت ہوں"، فوجی نے چلا کر کہا۔

نن نہیں.....نہیں۔ میں نے تمہیں نہیں اس صندوق کو کہا ہے۔

کیا فوجی حلق پھاڑ کر بولا۔

"تم میرے صندوق کو مصیبت کہہ رہے ہو۔"

تو کیا صندوق کو مصیبت کہنے میں بھی کوئی حرج ہے، گنجا گھبرا گیا

"اب تو، نائی کے ساتھ میں تمہیں بھی سزا دوں گا وہ بھی ایسی کہ ساری زندگی یاد ہی کرو گے"۔

"مر گئے۔ ارے بابا مجھ سے غلطی ہو گئی، تمہارا صندوق مصیبت نہیں ہے۔ یہ تو پھولوں سے زیادہ ہلکا ہے۔ واہ۔ میں نے اس سے ہلکا صندوق آج تک نہیں اٹھایا کتنی نرم اور صاف لکڑی کا بنا ہوا ہے یہ۔"

"کیا بکتے ہو۔ یہ لکڑی کا صندوق ہے"، فوجی نے آنکھیں نکالیں

ارے۔ تو پھر؟ گنجے کی سٹی گم ہو گئی۔

"احمق۔ یہ تو لوہے کا ہے"۔

"اوہ۔ تبھی اتنا ہلکا ہے"۔ گنجے نے کہا۔

"یہ ہلکا ہے!" فوجی حیران ہو کر بولا۔

ہاں، بالکل، شاید اندر سے خالی ہے!

"ارے! کیا واقعی یہ بالکل ہلکا ہے"۔

"جی ہاں۔ بہت ہلکا ہے۔ ایک کاغذ جتنا، گنجے نے اس ڈر سے کہا کہ اگر صندوق کو بھاری بتا دیا تو شامت آ جائے گی۔"

"ارے نہیں اسٹیشن والوں نے اس میں سے میرا سامان تو نہیں نکال لیا۔ ٹھہرو! اسے نیچے رکھ دو۔ میں کھول کر دیکھ لوں گنجے نے بڑی مشکل سے صندوق نیچے رکھ دیا۔ فوجی نے اسے کھول کر دیکھا، تمام چیزیں جوں کی توں موجود تھیں۔

"یہ تمہارا باپ خالی ہے۔"

جی میرا باپ۔ وہ تو کب کا مر چکا ہے۔

بکواس نہ کرو فوجی چلایا۔

"تمہیں اس جھوٹ پر زیادہ سخت سزا دوں گا۔ اسی طرح باتیں کرتے ہوئے

وہ نائی کی دکان میں داخل ہوئے۔ نائی اور پینٹر وہاں ابھی تک تھر تھر کانپ رہے تھے۔

ارے باپ رے۔ مر گیا۔

نائی نے آگے بڑھ کر صندوق نیچے رکھوایا۔ گنجا سر پکڑ کر بیٹھ گیا۔ فوجی نے انہیں گھورتے ہوئے کہا۔

"تم دونوں سے میں بعد میں سمجھوں گا، پہلے اس صندوق پر رنگ کروالوں"۔

ہاں تو میاں پینٹر اس صندوق پر سرخ رنگ کر دو"

بب ۔۔۔۔۔ بہت اچھا۔۔۔۔" پینٹر کانپتے ہوئے بولا۔ اور صندوق پر رنگ کرنے لگا۔

فوجی تھوڑی دیر تک تو پینٹر کو گھورتا رہا پھر چلا کر بولا۔

"یہ تم نے رنگ کیا ہے"۔

بج ۔۔۔۔ جی ۔۔۔ ہاں ۔

"یہ کیسا رنگ ہے؟ میں نے تو تم سے کہا تھا کہ ایسا رنگ کرنا کہ تم نے زندگی میں نہ کیا ہو"۔

" خدا کی قسم۔ میں نے اپنی زندگی میں کبھی ایسا رنگ نہیں کیا۔ پینٹر کے منہ سے نکلا۔ اور نائی اور گنجے کی خوف کے باوجود ہنسی نکل گئی۔

کھی۔۔ کھی۔۔ کھی ۔۔ ۔۔۔۔۔

"اچھا۔ تمہارے بھی دانت نکلنے لگے۔ تم تینوں ہی بالکل نکمے ثابت ہوئے ہو۔

یہ کہتے ہوئے فوجی نے بندوق کندھے سے اُتار کر ان کی طرف تان لی۔

۔مم۔۔۔۔مر گئے۔۔۔۔۔

بب۔۔۔۔ بچاؤ۔۔۔۔وہ گڑگڑاتے ہوئے کہنے لگے۔ انکارنگ اُڑ گیا۔

"ہم پر رحم کرو؟"

تم پر رحم کیا جاسکتا ہے لیکن ایک شرط پر۔"فوجی نے کہا۔

یہ سُن کر تینوں کی جان میں جان آئی۔"ایک کیا، سو شرطیں بتاؤ۔ ہم ماننے کو تیار ہیں۔"گنجا بولا۔

تم تینوں کو اسی وقت میرے ساتھ شکار پر چلنا ہو گا۔"

ارے بس! بھلا یہ کیا مشکل بات ہے۔ نائی بولا تینوں فوجی کی بات سن کر خوش ہو گئے۔

"تو کیا تمہیں یہ شرط منظور ہے۔"

"بالکل! لیکن کھانے پینے کا بندوبست تمہیں کرنا ہو گا۔ ہم تو بھوکے ننگے ہیں، نائی نے جلدی سے کہا۔

"فکر نہ کرو۔ میرے تھیلے میں کھانے پینے کی بہت سی چیزیں ہیں۔"

"لیکن ہم اپنی گھر والیوں کو تو اطلاع دے دیں۔ وہ رات بھر ہمارا انتظار کرتی رہیں گی۔"

"تم میں سے ایک جا کر انہیں بتا سکتا ہے۔"میں جانا چاہتا ہوں۔"نائی نے کہا۔

نہیں۔ میں جاتا ہوں۔ گنجے نے کہا۔

تم دونوں یہیں ٹھہرو میں جا کہ انہیں بتاتا ہوں۔ پینٹر بولا۔

"تم تو لڑنے لگے چلو میں اس کا فیصلہ کئے دیتا ہوں۔"گنجا تو پہلے ہی تھکا ہوا

ہے۔ پینٹرا بھی ابھی رنگ کر کے ہٹا ہے۔ اس لئے نائی صاحب ہو آئیں، لیکن
یادر ہے۔ پندرہ منٹ سے زیادہ نہیں لگنے چاہیں۔ سمجھے۔

جج ۔۔۔۔ جی سمجھ گیا۔ نائی نے کہا اور گھر کی طرف دوڑنے لگا ٹھیک پندرہ منٹ
بعد وہ واپس آگیا۔

"بس اب چلو، اور ہاں، تم اپنے اپنے ہتھیار لے لو۔"

"ہتھیار۔ کیا مطلب ہمارے پاس تو کوئی ہتھیار نہیں ہے۔ "تم اپنے استرے
قینچیاں لے لو۔ تم رنگ کے ڈبے اور برش لے لو اور تم اپنا ٹو کرا۔

مگر شکار کے لئے ان چیزوں کی کیا ضرورت ہے ؟نائی نے حیران ہو کہا۔

"ضرورت ہے۔ شکار کا تجربہ تم تینوں کو نہیں ہے مجھے ہے چلو ان چیزوں کو ساتھ
لے چلو" اور اس صندوق کو۔

"یہ بھی ہمارے ساتھ چلے گا۔ فوجی بولا۔ لیکن اسے اٹھائے گا کون؟ گنجے نے
گھبرا کر کہا۔

"تم تینوں باری باری اٹھاؤ گے "

مر گئے پھر تو۔ ہمارا کچومر نکل جائے گا۔ نائی بولا۔

"تو پھر یہیں گولیاں کھا کر سو جاؤ۔ فوجی نے دھمکی دی۔"

نہیں نہیں۔ یہ نہیں ہو سکتا۔

"تو پھر چلو۔ صندوق سب سے پہلے پینٹرا اٹھائے گا۔ پینٹر نے۔ صندوق اپنے
سر پر اٹھایا تو اسے یوں لگا جیسے کسی نے اس کے سر پر پہاڑی ٹکا دیا ہو۔

نائی نے اس کا اور اپنا سامان اٹھالیا اور گنجے نے اپنا ٹو کرا۔ دکان سے باہر نکلتے ہی

فوجی نے پوچھا تم نے یہ تو پوچھا ہی نہیں کہ ہم کس چیز کا شکار کھیلتے جا رہے ہیں ؟ " ارے ہاں یہ پوچھنا تو ہم بھول ہی گئے۔ نائی کے منہ سے نکلا؟ خیر اب بتا دو۔ پینٹر مشکل سے کہا۔ اس کی گردن ادھر سے اُدھر ہو رہی تھی۔ "بتا دوں ؟" شکاری فوجی عجیب سے انداز میں پوچھا۔ ہاں ہاں۔ ضرور بتائیں ۔۔۔۔ یہ گنجا بولا۔ ہم شیر کا شکار کھیلنے جا رہے ہیں۔

کیا۔۔۔۔ تینوں بری طرح چیخے اور پینٹر کے سرے صندوق زمین پر گر گیا۔ اسی طرح گرتے پڑتے، صندوق بدلتے، فوجی کو دل ہی دل میں گالیاں دیتے وہ شیروں کے جنگل کے پاس پہنچ گئے۔ اس وقت سورج غروب ہونیوالا تھا۔ اسلئے انہوں نے فیصلہ کیا کہ رات کو آرام کیا جائے اور صبح ہونے پر شیروں کے جنگل میں جائے تا کہ کوئی شیر سوتے میں ان پر حملہ نہ کر دے۔ دوسرے جانوروں کے ڈر سے انہوں نے باری باری جاگنے کا پروگرام بنایا۔

سب سے پہلے فوجی کے جاگنے کی باری طے ہوئی اور وہ تینوں اطمینان کی سانس لے کر لیٹ گئے۔ انہوں نے گھاس پھوس کے بستر تیار کر لئے تھے۔ ایک چوتھائی رات گزرنے پر فوجی نے نائی کو جگایا اور خود سو گیا۔ نائی کو بندوق تو چلائی آتی نہیں تھی۔ وہ ہاتھ میں استرا لیکر بیٹھ گیا۔ پھر اٹھ کر ٹہلنے لگا۔ اس طرح بھی وقت نہ گزرا تو اسے وقت گزارنے کی ایک انوکھی ترکیب سوجھی۔ اس نے استرا کھولا اور پینٹر کے سر پر پھیر نا شروع کر دیا۔ پینٹر تھکا ماندہ تھا، گہری نیند سو رہا تھا اس لئے اس کی آنکھ نہ کھلی یہاں تک کہ نائی نے اس کا سارا اسر مونڈ ڈالا۔ اس کو بھی نیند آنے لگی تھی۔ اس لیے نیند کی جھونک میں پینٹر کا سر مونڈتے مونڈتے اس کا ہاتھ فوجی کے سر تک جا

پہنچا وہ سمجھا ابھی پینٹر کا سر پوری طرح نہیں منڈا ہے، اس لئے اس نے فوجی کا بھی سارا سر مونڈ دیا۔ اب چونکہ باری بھی پینٹر کی تھی اس لئے نائی فوجی کا کندھا پکڑ کر ہلانے لگا۔ کیونکہ وہ ابھی اس کا سر مونڈ کر ہٹا تھا اور اس کے خیال میں وہ پینٹر تھا۔ فوجی کی آنکھ کھل گئی، اس نے طیش میں آ کر کہا کیا بات ہے تم نے مجھے کیوں جگا دیا۔ کیوں کیا اب تمہاری باری نہیں ہے؟

"ابے میں فوجی ہوں، پینٹر نہیں ہوں۔ ارے۔ ہائیں۔ وہ بوکھلا گیا۔ اس کی نظریں فوجی کے منڈے ہوئے سر پر جمی تھیں اور اسے معلوم ہو گیا تھا کہ اس نے پینٹر کے ساتھ ساتھ فوجی کی بھی حجامت بنا دی ہے۔ وہ خوف سے لرزنے لگا لیکن اتنی دیر میں فوجی دوبارہ سوچکا تھا یہ دیکھ کر اس کی جان میں جان آئی اور اس نے پینٹر کو جگایا۔ پینٹر نے ایک زور دار انگڑائی لی۔ اس کا ہاتھ اپنے سر سے ٹکرایا تو بول اٹھا: ارے تم نے تو گنجے کو جگا دیا ہے۔ تمہارا دماغ خراب ہے، گنجا تو وہ سو رہا ہے۔

نائی نے گھبرا کر کہا۔ ہائیں۔ تو یہ میرے سر کو کیا ہوا۔ شاید یہ فوجی کی شرارت ہے۔ تم یوں کرو کہ اس کا سر مونڈ دو۔ معاملہ برابر ہو جائے گا۔ نائی نے اسے مشورہ دیا کیسے مونڈ دوں میں نائی تھوڑا ہی ہوں۔ بھائی میں پینٹر ہوں پینٹر، اچھا خیر تم سو جا وَیں خود ہی دیکھ لوں گا۔ نائی نے خدا کا شکر ادا کیا اور پڑ کر سو گیا۔ اب جاگتے رہنے کی باری پینٹر کی تھی اس کو اپنے بالوں کا بہت افسوس تھا اور غصہ بھی بہت آ رہا تھا۔ اس لئے اسے انتقام لینے کی نئی تدبیر سوجھی۔

اس نے اپنا برش نکالا۔ رنگوں کے ڈبے کھولے اور فوجی کے سر کے پاس بیٹھ کر اسکے سر پر رنگوں سے نقش و نگار بنانے لگا پھر ایک اور خیال آنے پر اس نے فوجی

کے سر پر سفید رنگ پھیر دیا اور اس کالے رنگ سے ایک دیو کی شکل بنانے لگا۔ ابھی وہ کام مکمل ہی کر پایا تھا کہ چاند بادلوں میں چھپ گیا اور اندھیرے میں اسکا برش گنجے کے سر پر جا پہنچا۔ چاند بادلوں سے نکلا تو اس نے گنجے کے سر کو دیکھا اور حیران رہ گیا۔ ارے دیو کی شکل کہاں گئی۔ غائب ہو گئی ہاں دیو ہی ٹھہرا، اچھا خیر میں دوسری شکل بنا دیتا ہوں۔ وہ بڑبڑایا اور پھر گنجے کے سر پر بھی دیو کی خوفناک شکل بنانے لگا۔ جب تصویر مکمل ہو گئی تو اس کے جاگنے کا وقت ختم ہو گیا اور فوجی کو گنجا خیال کرتے ہوئے جگا دیا۔ کیا بات ہے تم نے بھی مجھے ہی جگا دیا ہے، فوجی نے چلا کر کہا۔ تمہیں نہیں جگاؤں گا تو پھر کسے جگاؤں گا۔ تمہاری باری ہے۔ آج کی رات بھی عجیب ہے پہلے نائی نے بجائے تمہارے مجھے جگا دیا اور اب پھر تم نے گنجے کی بجائے مجھے جگا دیا۔ کیا اندھے ہو میں فوجی ہوں۔ کیا۔ تم فوجی ہو۔ پینٹر چلایا۔ ساتھ ہی اسکی نظر اسکے سر پر پڑی وہاں دیو کی شکل موجود تھی۔ اس نے جھٹ مڑ کر گنجے کے سر کو دیکھا وہاں بھی ایک دیو کی شکل موجود تھی۔ ساری بات اسکی سمجھ میں آگئی۔ اوہ! مجھے افسوس ہے تم سو جاؤ" اس نے فوجی سے کہا، اور گنجے کو جگا دیا۔

گنجے نے آنکھیں کھولیں تو اس کی نظر فوجی کے گنجے سر پر پڑی۔ اسنے غصے میں آکر کہا: باری تو گنجے کی تھی اور تم نے جگا دیا مجھے۔"

تم گنجے ہی تو ہو۔ بیوقوف ہو تم، گنجا تو وہ تمہارے سامنے پڑا ہے۔ بے وقوف میں نہیں تم ہو۔ وہ تو فوجی ہے۔ ارے! اس کے منہ سے نکلا۔ دوسرے ہی لمحے پینٹر لیٹ کر سو چکا تھا۔ اب جو گنجے نے ادھر ادھر ٹہل کر پہرہ دینا شروع کیا تو اس کی حیرت کا کوئی ٹھکانہ نہ رہا۔ وہاں تو دو گنجے اور پڑے سو رہے تھے۔ اس نے جلدی سے

اپنے سر پر ہاتھ پھیرا اور بڑبڑایا۔

ہوں تو میں گنجا ہی مگر یہ دونوں گنجے کیسے بن گئے اور یہ فوجی کے سر کی خوفناک تصویر بنی ہے۔" نیند کے عالم میں وہ کچھ سمجھ نہ سکا اور ٹہلتا رہا یہاں تک کہ صبح کی روشنی نمودار ہونے لگی۔ اس وقت اسے بھی نیند آ گئی اور وہ پڑ کر سو گیا۔

اچانک شیر کی خوفناک دھاڑ نے ان چاروں کو جگا دیا، انکی آنکھیں کھلیں تو شیر کے بالکل پاس پہنچ چکا تھا ان کے ہوش اڑ گئے۔ گھبراہٹ میں فوجی اپنی بندوق نہ سنبھال سکا وہ زمین پر سجدے کی شکل میں گر گیا۔ اس کی دیکھا دیکھی گنجے نے بھی یہی کیا۔ نائی کو نئی ترکیب سوجھی اسنے پیٹی میں لگا ہوا اپنا استرا نکال لیا۔ پینٹر نے اسے استرا لہراتے دیکھا تو وہ بھی جوش میں آ گیا اور اپنا برش اٹھا کر اسے تلوار کی طرح گھمانے لگا شیر آگے بڑھا پینٹر بھی سجدے کی حالت میں زمین پر گر گیا اب شیر کی نظر ان کے سروں پر جو پڑی ہے تو بوکھلا کر پیچھے ہٹ گیا۔ اسنے اتنی عجیب کھوپڑیاں آج تک نہیں دیکھی تھیں وہ ڈر گیا۔ وہ سمجھا یہ ضرور جن بھوت ہیں۔

اسی وقت نائی نے شیر کو پیچھے ہٹتے دیکھا تو ہمت کر کے استرا لہراتا ہوا آگے بڑھا اور کہنے لگا آ، جاتا کہاں ہے بچو! ہم جیسے شکاریوں سے بھی تمہیں زندگی میں پہلی بار واسطہ پڑا ہو گا۔ بھاگ نہیں۔ ابھی تو مجھے تمہاری شیو بنانی ہے نائی کی آواز سن کر انکے ہوش قدرے ٹھکانے آئے پینٹر اٹھا اور اپنا برش شیر کی طرف کر کے آگے بڑھنے لگا شیر ایک ایک قدم پیچھے ہٹ رہا تھا۔ اسنے اتنے عجیب ہتھیار بھلا کہاں دیکھے تھے۔ وہ سمجھا یہ ضرور بہت خطرناک ہتھیار ہیں۔ اسی وقت گنجے کو اپنے ٹوکرے کا خیال آیا۔ اسنے ٹوکرے کو ڈھال کی مانند پڑ لیا اور شیر کی طرف بڑھنے لگا

شیر ٹوکرے کو دیکھ کر اور بھی گھبرایا یہ اسے سب سے زیادہ خطرناک ہتھیار لگا۔ فوجی ابھی تک تھر تھر کانپ رہا تھا۔ اس نے جو شیر کو پیچھے ہٹتے دیکھا تو جھٹ بندوق سیدھی کرلی اسی وقت شیر مڑا اور اسنے کیلئے پہلی چھلانگ لگائی تھی کہ فوجی نے بندوق چلادی، بندوق چلنے کی آواز سارے جنگل میں گونج اٹھی۔ گولی شیر کے پیٹ میں لگی اور وہ وہیں گر کر دھاڑنے لگا شکاری نے احتیاطاً ایک گولی اور چلادی کے جنگل کے سب جانور بیدار ہو گئے اور لگے چیخنے چلانے۔۔۔۔

اور ادھر سے اُدھر بھاگنے لگے۔ دوسری گولی شیر کی دم پر لگی اور اسکی دُم جسم سے الگ ہو کر زمین پر آرہی۔ اسی وقت شیر نے دم توڑ دیا۔ ان کی خوشی کا کوئی ٹھکانا نہ رہا۔ لگے اچھلنے کودنے اور شور مچانے۔ پھر انہوں نے شیر کو گنجے کے ٹوکرے میں ڈالا۔ ایسے میں فوجی کا ہاتھ اپنے سر سے ٹکرا گیا وہ چونک اٹھا اور ہاتھ سر پر پھیرتا ہوا نائی کو دیکھ کر ہنسنے لگا پھر اسکی نظر پینٹر کے سر پر پڑی وہ اور بھی بُری طرح ہنسنے لگا۔ پینٹر نے اپنے سر پر ہاتھ پھیرا اور وہ بھی ہنسنے لگا۔ بس پھر کیا تھا ہنس ہنس کر ان کا بُرا حال ہو گیا۔ انہوں نے مشکل سے ٹوکرا اٹھایا اور گاؤں کی طرف روانہ ہو گئے۔

تیسرے پہر کے قریب وہ گاؤں پہنچے تو دھوم مچ گئی۔ سارے کا سارا گاؤں شیر کو دیکھنے کیلئے اُمڈ آیا۔ لوگ شیر سے زیادہ نائی، گنجے اور پینٹر کو دیکھ کر خوش ہو رہے تھے انہیں اپنی آنکھوں پر یقین نہیں آرہا تھا۔ فوجی بہت دنوں تک انکے پاس رہا۔ اب وہ انکا دوست بن گیا تھا۔ اور اب تو لوگ نائی کے ہاں بال کٹوانے بھی آنے لگے تھے پینٹر سے رنگ بھی کرانے لگے تھے اور کہنے کو تو پہلے ہی مزدوری مل جایا کرتی تھی اسے اور بھی زیادہ مزدوری ملنے لگی۔ لوگ اس بہانے اسے شیر کے شکار کی

ساری کہانی سنتے اور ہنستے ہنستے لوٹ پوٹ ہو جاتے۔ اب ان کی بیویاں بھی ان سے خوش رہنے لگیں تھیں اور پھر ایک دن فوجی نے رخصت ہوتے وقت ان سے کہا:

میں جب بھی شکار کے لئے آیا کروں گا تم تینوں میرے ساتھ چلا کرو گے۔

٭ ٭ ٭

شہزادہ جانِ عالم

پُرانے زمانے کا ذکر ہے کہ ملک یمن میں ایک بہت انصاف پسند بادشاہ حکومت کرتا تھا۔ رعایا بہت خوش تھی، ہر طرف خوشحالی تھی اور لوگ اپنے بادشاہ کو دعائیں دیتے تھے۔ یوں تو بادشاہ کو دنیا کی ہر دولت میسر تھی لیکن اس کی کوئی اولاد نہ تھی جس کی وجہ سے بادشاہ بہت اُداس رہتا تھا کہ اگر وہ مر گیا تو اس کے بعد گھر بار اور تخت تاج کا کیا بنے گا۔

آخر بہت سی دُعاؤں اور منتوں کے بعد بادشاہ کے ہاں ایک لڑکا پیدا ہوا۔ بادشاہ نے اس کا نام شہزادہ جان عالم رکھا۔ شہزادہ جان عالم اس قدر خوبصورت تھا کہ جو بھی دیکھتا سبحان اللہ کہہ اُٹھتا۔ شہزادہ جان عالم ذرا بڑا ہوا تو اسے مختلف علوم و فنون سکھانے کے لئے بہت سے استاد مقرر کئے گئے۔ تھوڑے عرصے میں شہزادہ جان عالم اس قدر عمدہ تلوار اور نیزہ چلانا سیکھ لیا کہ جو بھی دیکھتا عش عش کر اُٹھتا اور دنگ رہ جاتا کہ اتنا سا لڑکا بجلی کی تیزی سے تلوار چلاتا ہے

شہزادہ جانِ عالم جب جوان ہوا تو اس کی خوبصورتی اور علم کی شہرت دور دور تک پھیل گئی۔ در حقیقت شہزادہ جان عالم اس قدر خوبصورت تھا کہ جو بھی اسے دیکھتا دانتوں میں انگلی دبا لیتا اور کہتا کہ اس نے اس سے زیادہ خوبصورت نوجوان آج

تک نہیں دیکھا۔

ایک دن شہزادہ جانِ عالم شہر کی سواری کو نکلا۔ اس نے دیکھا کہ ایک چوک پر لوگوں کا ہجوم لگا ہوا ہے۔ شہزادے کو اشتیاق ہوا کہ دیکھیں کیا قصہ ہے جو اتنے لوگ اکٹھے ہو گئے ہیں۔ شہزادے نے قریب جا کر دیکھا تو ایک بہت عمر رسیدہ آدمی نظر آیا۔ اس نے ہاتھ میں ایک پنجرہ اٹھا رکھا تھا جس میں ایک طوطا تھا۔ یہ طوطا لوگوں کو بڑی شائستگی سے عمدہ عمدہ قصے اور لطیفے سنا رہا تھا، اور لوگ اس کے قصے سن کر واہ واہ کر رہے تھے۔

شہزادہ جانِ عالم اس طوطے کو دیکھ کر رک گیا اور گھوڑے سے اُترا اور مجمع کے قریب آیا۔ شہزادے کو دیکھ طوطا چہکا "اے بھئی! مداری آج تیری قسمت جاگ اُٹھی کہ ایک شہزادہ خود تیرے پاس چل کر آیا ہے۔ شہزادہ طوطے کے اندازِ بیان پر بہت خوش ہوا اور بوڑھے مداری سے پوچھنے لگا کیوں اے بزرگ! اس طوطے کی کیا قیمت ہے؟ مداری نے تو جواب نہیں دیا البتہ طوطا بولا "قدردان کے نزدیک شئے کی کوئی قیمت نہیں ہوتی۔" یہ بات سن کر شہزادہ اور زیادہ متاثر ہوا اور بوڑھے مداری کو اشرفیوں سے مالا مال کر کے طوطے کو خرید لیا۔

شہزادہ طوطے کو اپنے محل میں لے آیا۔ طوطا خوب مزے مزے کی باتیں کرتا تھا، دیس دیس کے قصے سناتا رہتا تھا جنہیں شہزادہ بہت شوق سے سنتا تھا۔

شہزادہ جانِ عالم کو اپنی خوبصورتی پر بہت ناز تھا۔ ایک دن وہ نہا دھو کر نئی پوشاک پہن کر طوطے کے پاس آ کھڑا ہوا جس نے بھی اسے دیکھا اس کی خوبصورتی کی تعریف کیے بغیر نہ رہ سکا مگر طوطا چپ رہا اس نے کچھ نہ کہا۔ آخر شہزادے سے نہ

رہا گیا وہ بولا : کیا بات ہے؟ اے طوطے! تم نے میری تعریف میں کچھ نہیں کہا؟ طوطے نے جواب دیا "حضور! آپ بے شک بہت حسین ہیں لیکن میں پھر بھی اس بارے میں کچھ کہنا نہیں چاہتا کیوں کہ آپ برا مان جائیں گے۔" شہزادے نے جلدی سے کہا "تم کہو، یقین مانو ہم قطعاً ناراض نہیں ہوں گے ؛ طوطا بولا " حقیقت معلوم کرنا چاہتے ہیں تو وہ یہ ہے کہ اگر میں نے دنیا میں کسی کو حسین دیکھا ہے تو وہ شہزادی حسن آرا ہے۔ اس کا حسن دیکھ کر تو چاند سورج شرما جاتے ہیں، پریوں کا رنگ رُوپ پھیکا پڑ جاتا ہے۔ شہزادی حسن آرا کی کنیزیں بھی اس قدر خوبصورت ہیں کہ کوئی عام عورت انہیں دیکھ لے تو حسد کے مارے جل جائے۔"

طوطے نے شہزادی حسن آرا کے بارے میں اس قدر تعریفیں کیں کہ شہزادہ بے چین ہو گیا اور فیصلہ کر لیا کہ وہ شہزادی حسن آرا کو ضرور دیکھے گا۔ شہزادہ جانِ عالم نے طوطے سے پوچھا کیا تم شہزادی حسن آرا کے ملک کا راستہ جانتے ہو؟" طوطے نے جواب دیا "میں تمام راستہ جانتا ہوں اور آپ کو وہاں لے جا سکتا ہوں لیکن میرا مشورہ یہ ہے کہ آپ وہاں جانے کا فیصلہ نہ ہی کریں تو بہتر ہے کیونکہ شہزادی حسن آرا کے ملک کا راستہ بہت دشوار گزار ہے اور راستہ میں اس قدر مشکلات ہیں کہ جان کا بھی خطرہ ہے۔ لیکن شہزادہ جان عالم کے سر پر شہزادی حسن آرا کو دیکھنے کا اس قدر شوق سوار تھا کہ اس نے فیصلہ کر لیا کہ چاہے اس سفر میں اسے کتنی ہی مشکلات کیوں نہ پیش آئیں وہ اس سفر پر روانہ ضرور ہو گا۔ آخر ایک دن شہزادہ اپنے چند جانثاروں اور اس طوطے کو لیکر اس سفر پر روانہ ہو گیا۔ ان کا قافلہ طوطے کی بتائی ہوئی سمت کی طرف تیزی سے اُڑا جا رہا تھا۔ اچانک شہزادے کو

سامنے سے دو تین نہایت خوبصورت ہرن دوڑتے نظر آئے۔ شکار کا شوق تو شہزادے کو شروع سے تھا۔ اس نے اپنے آدمیوں کو اشارہ کیا اور انہوں نے اپنے گھوڑے ہرن کے پیچھے ڈال دیئے۔ طوطے نے لاکھ منع کیا شور مچایا لیکن کسی نے اس کی ایک نہ سنی۔

اسی بھاگ دوڑ میں وہ ایک دوسرے سے جدا ہو گئے اور راستہ بھٹک کر کہیں سے کہیں نکل آتے۔ اب جو شہزادہ جانِ عالم نے دیکھا تو نہ اس کے ساتھی ساتھ تھے اور نہ ہی بولنے والا طوطا۔ وہ ایک ویران جنگل میں کھڑا تھا۔ تھوڑی دیر تک تو وہ کھڑا سوچتا رہا کہ کیا کرے پھر اللہ کا نام لے کر ایک طرف چل پڑا۔ ابھی وہ تھوڑی دور گیا تھا کہ اسے ایک باغ نظر آیا۔ شہزادہ اس باغ میں داخل ہو گیا۔ اس نے دیکھا کہ سامنے بارہ دری میں ایک عورت بیٹھتی ہے اور بہت سی کنیزیں اس کے گرد کھڑی ہیں۔ اس باغ میں بہت خوبصورت پرندے چہچہاتے پھر رہے تھے۔ درخت پھلوں سے لدے ہوئے تھے شہزادے نے عجیب ماجرا دیکھا کہ وہاں موجود جو بھی شخص پھل کھانے کی خواہش کرتا ہے پھل خود بخود اس کے منہ کے قریب چلا جاتا اور اسے ہاتھ بڑھانے کی ضرورت نہ پڑتی۔ شہزادہ بارہ دری کے قریب چلا گیا۔ بارہ دری میں بیٹھی عورت شہزادے کو دیکھ کر بولی: "آؤ شہزادہ جان رُک کیوں گئے۔ مجھے مدتوں سے تمہارا انتظار تھا اور آج میرا جادو تمہیں کھینچ لایا۔"

شہزادہ جانِ عالم نے سوال کیا: "تم کون ہو؟"

میں جادو گروں کے بادشاہ شہریال کی بیٹی ہوں اور تم سے شادی کرنا چاہتی ہوں، میری بہت بڑی سلطنت ہے تم ساری عمر عیش و آرام سے رہو گے۔ شہزادے

نے کہا" میں شہزادی حسن آرا کی تلاش میں نکلا ہوں اور میں کسی بھی صورت تم سے شادی نہیں کر سکتا، جادوگر شہریال کی بیٹی نے کہا" تم حسن آرا کا خیال چھوڑ دو اور میرے ساتھ رہو میں دنیا کی ہر نعمت تمہارے لئے حاضر کروں گی ! جان عالم نے مضبوط لہجے میں کہا۔ یہ کبھی نہیں ہو سکتا یہ جادوگر شہریال کی بیٹی غصے سے زمین پر پاؤں پٹخ کر بولی تو پھر ٹھیک ہے، تمام عمر اسی باغ میں سڑتے رہو۔ جب تک تم میری بات نہیں مانو گے اسی باغ میں قید رہو گئے اتنا کہہ کہ جادوگر شہریال کی بیٹی اپنی کنیزوں کے ساتھ باغ سے چلی گئی۔ اس کے بعد شہزادہ جانِ عالم نے باغ سے باہر نکلنے کی کوشش کی لیکن کوئی دروازہ نہیں ملا، دیوار پھلانگنے کی کوشش کی تو دیواریں اونچی ہو گئیں۔ شہزادہ اندر باغ میں پھر تار ہا پھر تھک کے ایک درخت کے نیچے سو گیا۔ اس نے خواب میں دیکھا کہ ایک بزرگ کہہ رہے ہیں۔ بیٹا اُٹھ کر اس درخت کے نیچے زمین کھودو، تمہاری تمام مشکلات حل ہو جائیں گی۔

اتنی دیر میں شہزادے کی آنکھ کھل گئی اور اس نے اللہ کا نام لے کر درخت کے نیچے زمین کھودنی شروع کر دی۔ ابھی تھوڑی زمین کھودی تھی کہ ایک تختی نکل آئی جس پر لکھا تھا، اگر کوئی کسی جادوگر کے چنگل میں پھنس جائے تو ایسے یہ اسم پڑھنا چاہئے۔ شہزادہ جان عالم نے سختی کے نیچے لکھا ہوا اسم یاد کر لیا تختی کو جیب میں ڈالا اور اسم پڑھتا ہوا باغ کی دیوار کی جانب چل پڑا۔ جیسے ہی دیوار کے قریب پہنچا دیوار میں خود بخود راستہ پیدا ہو گیا۔ شہزادہ آرام سے باہر نکل آیا اور چل پڑا۔ کئی مہینے سفر کرتا رہا۔ آخر اسے دور سے ایک محل چمکتا ہوا نظر آیا۔ شہزادہ جانِ عالم ادھر ہی چل پڑا۔ جلد ہی وہ اس شہر میں داخل ہو گیا لیکن شہزادے نے ایک عجیب

بات یہ دیکھی کہ شہر کے ہر آدمی نے سیاہ رنگ کا لباس پہن رکھا ہے اور ہر شخص اُداس اور افسردہ ہے۔ آخر شہزادہ جانِ عالم نے ایک آدمی کو روک کر پوچھا" بھائی یہ کون سا مقام ہے ؟" اس آدمی نے سر سے پاؤں تک شہزادے کا جائزہ لیا اور پھر بولا اس ملک کو " زرنگار " کہتے ہیں۔ شہزادہ جان عالم نے دل ہی دل میں خدا کا شکر ادا کیا۔ کیوں کہ شہزادی حسن آرا زرنگار ملک کی شہزادی تھی۔ اور آخر کار وہ شہزادی حسن آرا کے ملک میں پہنچ گیا تھا۔ اس نے پوچھا آخر آپ لوگوں نے یہ سیاہ رنگ کے ماتمی لباس کیوں پہن رکھے ہیں ؟ اُس آدمی نے جواب دیا" بات دراصل یہ ہے کہ ایک جادو گر ہمارے ملک کی شہزادی کو اُٹھا کر لے گیا ہے جب سے تمام ملک نے سیاہ ماتمی لباس پہن رکھا ہے اور بادشاہ ملکہ سمیت تمام رعایا اُداس ہے۔

شہزادی حسن آرا کے بارے میں سُن کر شہزادے کا رنگ اُڑ گیا۔ پھر وہ حوصلے سے کام لیتا ہوا بولا: کیا تم بتا سکتے ہو یہ جادو گر شہزادی کو لے کر کہاں گیا ہے اس کا ٹھکانہ کون سا ہے ؟ " اس آدمی نے جواب دیا: یہاں سے چار پانچ کوس سفر کرو تو چاروں طرف آگ نظر آئے گی۔ اس آگ کے درمیان ایک قلعہ ہے اس قلعے میں ہی وہ منحوس جادو گر رہتا ہے۔ جو بھی اس جادو گر کی تلاش میں گیا پھر زندہ واپس نہیں آیا۔ اتنا کہہ کر وہ آگے چل پڑا اور شہزادہ جان عالم نے جادو گر کے قلعہ کی جانب اپنا گھوڑا ڈال دیا۔ چار پانچ کوس سفر کرنے کے بعد اسے ایک قلعہ نظر آیا جو چاروں طرف سے آگ میں گھرا ہوا تھا اور اس سے آگے جانے کا راستہ نظر نہیں آتا تھا۔ شہزادہ جان عالم نے دیکھا کہ ایک ہرن اس آگ میں سے اچھلتا ہے اور پھر دوبارہ آگ میں غائب ہو جاتا ہے شہزادہ جانِ عالم نے جیب میں سے طلسمی

تختی نکال کر دیکھی لکھا تھا اس ہرن پر تیر سے نشانہ لگاؤ اگر درست بیٹھا تو جادوگر کا یہ سارا طلسم خانہ تباہ ہو جائے گا ورنہ تم خود مارے جاؤ گے۔ شہزادے نے کمان میں تیر چڑھایا اور جیسے ہی ہرن اچھلا شہزادے نے نشانہ لے کر تیر چھوڑ دیا۔ تیر ہرن کو جا کر لگا ایک دم ہر طرف شور مچا اور اندھیرا چھا گیا۔ جب اندھیرا ختم ہوا تو شہزادے نے دیکھا کہ تمام قلعہ اور آگ غائب ہے۔ تھوڑے فاصلے پر ایک بھیانک صورت جادوگر کی لاش پڑی ہے اور قریب ہی گھٹنوں میں سر دیئے ایک لڑکی بیٹھی ہے یہ شہزادی حسن آرا تھی، شہزادہ اس کے قریب چلا گیا شہزادی سمجھ گی کہ یہی شخص ہے جس نے مجھے اس مصیبت سے نجات دلاتی ہے۔

شہزادہ جانِ عالم نے شہزادی حسین آرا کو گھوڑے پر بٹھایا اور واپس اس کے شہر لے آیا۔ جب شہزادی حسن آرا کے باپ کو شہزادہ جان عالم کے کارنامے کے بارے میں پتہ چلا تو اس قدر خوش ہوا کہ اس نے شہزادی حسن آرا کی شادی شہزادہ جانِ عالم کے ساتھ کر دی اور اپنا ملک بھی اس کے سپرد کر دیا۔

٭٭٭

شیخ چلی کا خواب

کہتے ہیں بہت پُرانی بات ہے کسی گاؤں میں ایک نوجوان چرواہا تھا۔ اس کا نام بھولو تھا۔ وہ بہت کاہل تھا۔ لیکن اسے بڑے بڑے خواب دیکھنے کی عادت تھی۔ جب اس کے گھر والوں نے اسے بکریاں چرانے کے لیے کہا تو وہ بڑبڑانے لگا۔

"مجھے یہ کام قطعی طور پر نہیں کرنا ہے!"

دیگر چرواہوں کے ہمراہ جب وہ چراگاہ پہنچا تب ہی اس نے اپنے مویشیوں کی طرف توجہ نہ کی۔ اس کے بجائے وہ ایک درخت کے نیچے بیٹھ کر اونگھنے لگا اور اپنے خوابوں کی دنیا میں پہنچ گیا! کبھی وہ خواب میں دیکھتا کہ وہ ایک بہت بڑا بیوپاری بن گیا ہے۔ اس کے پاس ایک بڑا سا مکان ہے جس کے سامنے خوبصورت سا باغ بھی ہے۔ کبھی تو وہ خواب میں دیکھتا کہ وہ خود ایک راجا بن گیا ہے!

جب بھولو اپنے دوستوں کو ان خوابوں کے بارے میں بتاتا تو وہ کہتے کہ:

"بے وقوف تمہیں کوئی کام دھندا نہیں ہے۔ تمہیں کچھ کام ڈھنگ سے آنے والا نہیں ہے۔"

اس چرواہے نے اپنے دوستوں سے کہا: "تم سب دیکھو۔ میں ایک دن بڑا مشہور آدمی بن جاؤں گا۔"

دوستوں نے اس کی بات کو ہنسی میں اڑایا۔ لیکن وہ چرواہا اپنے طور پر بدل چکا تھا۔ اس نے ایک منصوبہ بنایا تھا اور اسے پورا کرنے کے لیے وہ تیار تھا۔ ایک رات اس نے اپنے کپڑوں کی گٹھری بنائی اور کسی کو کچھ نہ بتاتے ہوئے علی الصبح اپنے گھر کو خیر باد کہا۔ وہ قریب کے شہر کو روانہ ہوا۔ کے راستے میں اسے ایک بیوپاری ملا جو گھوڑے پر سامان لادے شہر کی طرف جا رہا تھا۔ اس نے پوچھا "بیٹا! کہاں جا رہے ہو؟" چرواہے نے کہا: "میں ایک بڑے استاد کے پاس پڑھنے کے لیے جا رہا ہوں۔ ان سے بڑا علم اور چالاکی کا حاصل کروں گا۔ اور ان سے سیکھنے بعد علم کا استعمال کرکے میں خود ایک مشہور استاد بن جاؤں گا۔"

"یہ تو بہت اچھی بات ہے" بیوپاری نے کہا۔ "لیکن تم میرے ساتھ کیوں نہیں آتے؟ میں تمہیں اپنی دکان میں نوکری دوں گا اور اچھی تنخواہ بھی دوں گا۔ جب تم خود امیر بن جاؤ گے تب اس بڑے استاد کے پاس پڑھائی کے لیے چلے جانا"۔ چرواہے نے اس تجویز پر غور کیا۔ اسے محسوس ہوا کہ یہ خیال تو بہت اچھا ہے۔ "ٹھیک ہے" اس نے بیوپاری کو جواب دیا: " میں تمہاری دکان میں کام کرنے کے لیے تیار ہوں۔"

اس طرح چرواہا بیوپاری کے پاس کام کرنے لگا۔ چند دنوں میں وہ اس کام میں اس قدر مصروف ہو گیا کہ بڑے استاد کے پاس جانے کی بات بھول گیا۔ باقی تمام زندگی اس نے صرف نوکر بن کر ہی گزاری۔

٭ ٭ ٭